KB114700

재벌닷컴
chaebol.com

재벌 닷컴 8

매검향 장편소설

초판 1쇄 찍은 날 § 2018년 4월 26일
초판 1쇄 펴낸 날 § 2018년 5월 3일

지은이 § 매검향
펴낸이 § 서경석

총괄팀장 § 최하나
편집책임 § 신보라
편집 § 이선근

펴낸곳 § 도서출판 청어람
등록번호 § 제387-1999-000006호
등록일자 § 1999. 5. 31
어람번호 § 제1-2893호

주소 § 경기도 부천시 부일로 483번길 40 서경B/D 3F (우) 14640
전화 § 032-656-4452 팩스 § 032-656-4453
http://www.chungeoram.com
E-mail § chungeorambook@daum.net

ISBN 979-11-04-91721-9 04810
ISBN 979-11-04-91501-7 (세트)

8

[완결]

매검향 장편소설

FUSION FANTASTIC STORY

재벌닷컴

도서출판
청어
람

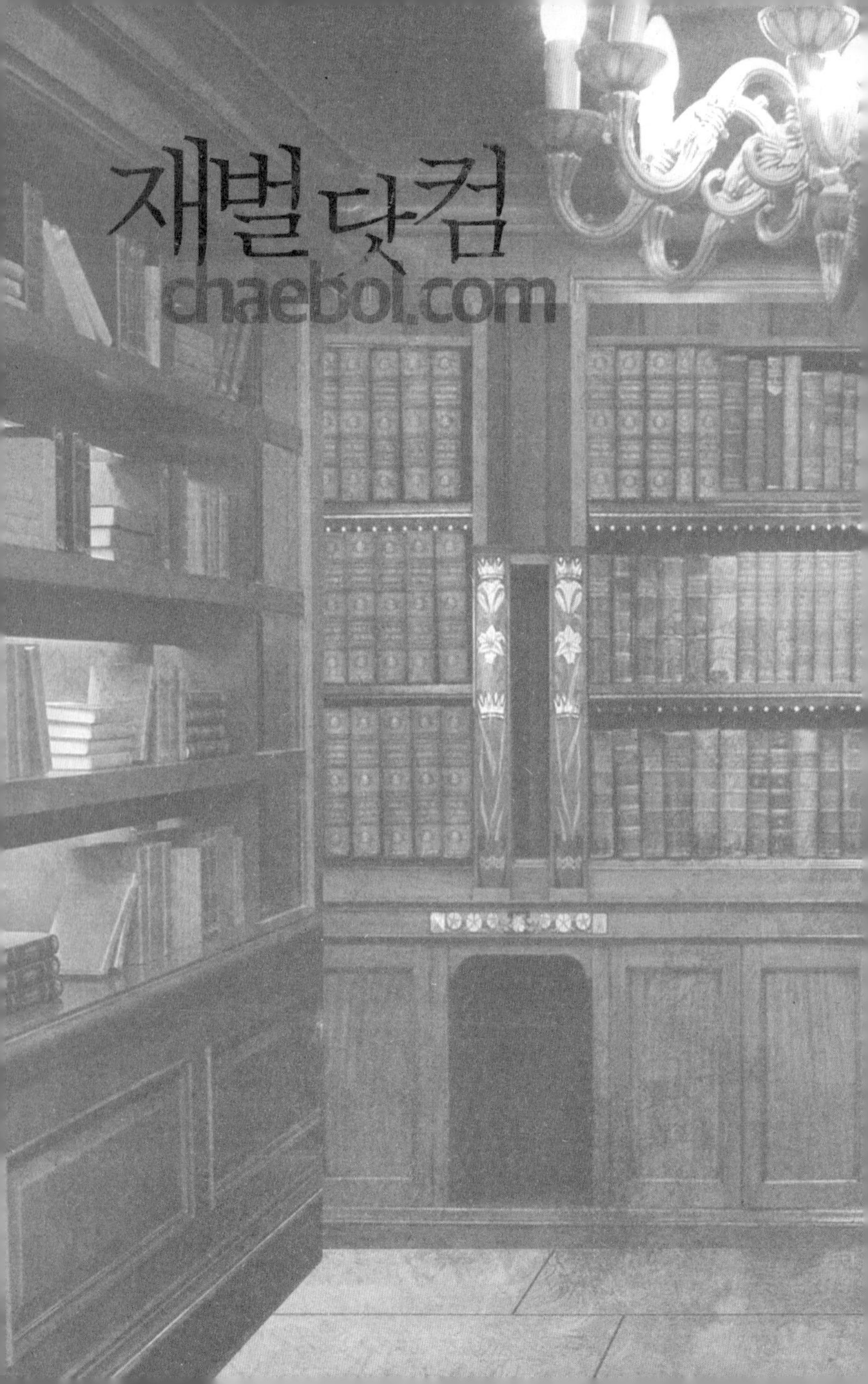

목차

C O N T E N T S

제1장
세계의 경제대통령

잠시 머뭇거리던 대통령이 말했다.

"이건 기밀 사항이지만, 이렇게 되면 미국과 벌이던 사드 배치 협상을 중단해도 되겠어요. 참으로 감사한 일이에요."

"……."

태호가 말없이 빙긋 미소만 띠고 있자 박 대통령이 또 한 번 주저하는 빛을 띠더니 이내 결심을 굳힌 듯 말했다.

"이렇게 나라에 큰 도움을 주는데 예가 아닌 것은 알지만, 김 회장님께 한 가지 부탁을 더 드릴게요. 그게 뭔가 하면 스포츠 및 한류 발전에도 이바지해 주시면 감사하겠어요."

박 태통령의 말에 태호는 그녀의 탄핵 정국이 떠올라 내심 섬뜩해지는 것을 금할 수 없었다. 그렇지만 태호는 관록의 기업인답게 여전히 미소를 잃지 않은 채 답변했다.

"지금의 지원 사업만 해도 그룹 내부의 반발이 만만치 않습니다. 그런 문제는 조금 더 시일이 지나 사내 반발이 누그러지면 그때 가서 다시 한번 검토해 보는 방향으로 하겠습니다."

태호의 완곡한 거절에도 원체 큰 선물을 받아서인지 박 대통령이 미소를 띤 채 답했다.

"이해해요."

그녀의 말에 태호가 내심 안도의 한숨을 내쉬고 있는데 이병기 실장이 박 대통령과 태호를 번갈아 바라보더니 물었다.

"국민을 안심시키기 위해서라도 지금까지 나온 내용을 가지고 서둘러 기자회견을 하는 게 어떻겠습니까?"

"당연히 그래야죠."

박 대통령의 말에도 신중한 기색의 태호가 말했다.

"두 분의 급한 마음은 알겠지만, 지금은 때가 아닌 것 같습니다."

이렇게 운을 뗀 태호의 말이 이어졌다.

"우선 20% 농축된 우라늄을 사용하는 핵 잠수함을 갖겠다는 것을 미국 정부에 통보하고 동의를 얻는 것이 순서이겠습니다. 군 정찰위성이야 그렇겠지만, 미사일 배치 문제도 사드 배치가 논의되고 있었다면 미국 정부와 협의를 거쳐 배치하는 것이 좋겠습니다."

"그 말은 김 회장님의 말이 맞는 것 같습니다. 간만에 듣는 너무 기쁜 소식이고 빅뉴스이다 보니 간과한 면이 좀 있는 것 같습니다."

이병기 실장의 말에 박 대통령도 고개를 끄덕여 동의를 표하더니 이내 말문을 열었다.

"그럼 미국 정부와 조율이 끝나는 대로 발표하는 것으로 하죠. 그런데 이대로 보내기에는 너무 섭섭해서 어쩌죠? 우리 정부와 국민에게 너무나 큰 선물을 주셨는데요."

"다음에 식사 한 끼 대접해 주시면 감사히 먹겠습니다."

"호호호! 그것 참 대단히 비싼 점심값이겠네요. 아마 모르긴 해도 백조 원은 넘을 것 같은데요."

"……."

그녀의 말에도 여전히 웃음 띤 얼굴로 앉아 있었지만 내심으로는 전혀 웃을 수 없는 상황이었다. 굳이 점심 값이라고 표현한 그녀의 말에서도 알 수 있듯 그녀는 훗날의 증언에 따르면 TV 연속극에 빠져 만찬이나 심지어 조찬 일정도 거의 잡지 않았다.

아무튼 그럼에도 불구하고 태호가 여전히 표정 관리 차원에서 웃음 띤 얼굴로 앉아 있자 이병기 실장이 말했다.

"삼원전자와 자동차를 제외한 시가총액 7위 안에 드는 기업 다섯 개만 합쳐놓아도 세계 6대 경제 강국이라는 영국 경제를 넘어서니 김 회장님에게는 큰돈이 아닐 수도 있을 것입니다."

"그 절반만이 우리 그룹 자산이니 꼭 그렇지도 않습니다."

겸양하는 태호의 말을 받아 이 실장이 말했다.

"꼭 그렇지만도 않죠. 여타 기업을 포함하면 또 그만한 가치가 있으니 삼원그룹으로 인해 우리나라의 위상이 올라간 것을 생각하면 참으로 대단하고 존경스럽습니다."

이를 받아 박 대통령이 말했다.

"김 회장님이 나라에 크나큰 선물을 주셨음에도 당장 우리가 해줄 게 없네요. 미안해요."

"해주실 것이 하나 있긴 있습니다."

"네?"

태호가 노골적으로 무엇을 요구할지는 몰랐는지 대통령이 놀란 눈을 했다. 태호는 전혀 개의치 않고 말했다.

"지금 우리가 개발하고 있는 송도랜드 마크시티 사업에 카지노를 비롯한 여타 환락 사업의 허가를 내주시는 것입니다."

"그것은 좀……."

대통령이 망설이자 이 실장이 말했다.

"그걸 당시에도 검토하지 않은 것은 아니죠. 워낙 국민 여론이 좋지 않아 허가를 못 내준 것을 이제 와서……."

"카지노 등의 도박 시설에는 내국인의 입장을 허락하지 않겠습니다. 그래도 중국이나 동남아 등 외국인들로 큰 성황을 이룰 것이라 생각합니다."

"그렇다면 허가하는 방향으로 한번 검토해 보죠. 정말 나라를 위해 큰일을 하셨는데 그 정도 청도 못 들어준다는 것은 예의가 아닌 것 같습니다."

"감사합니다, 대통령님."

"천만에요. 아무튼 고맙습니다. 정말 나라를 위해 큰일을 해주셨습니다."

"더 듣기 민망합니다. 서로 할 말은 다 한 것 같으니 양해하십시오. 중요 일정이 기다리고 있어서……."

"아, 우리가 바쁜 분을 너무 잡고 있었나 보네요. 그럼 편하실 대로 하세요."

"감사합니다."

곧 목례를 행한 태호는 함께 참석한 그룹의 관계자들과 함께 데리고 대통령 집무실을 벗어났다.

＊　　　　＊　　　　＊

그룹 사옥으로 돌아온 태호는 곧 비서실에 지시를 내려 도널드 트럼프(Donald Trump)와의 회동을 주선토록 했다. 이는 당연히 그가 올 11월에 치러질 대통령 선거에서 승리하여 미국의 제45대 대통령에 취임할 것을 아는 까닭에 취한 조치였다.

사실 지금의 트럼프는 누가 예측해도 대통령이 될 것이라 보는 사람이 거의 없는 까닭에 이럴 때일수록 친교를 좀 더 공고히 하기 위함이다. 태호와 트럼프는 전에도 만난 적이 있었다.

물론 훗날의 그를 아는 까닭에 태호가 먼저 접근했고, 그가 태호로부터 사업적으로 많은 도움을 받은 것도 사실이다. 2010년 이후 태호의 위상은 실로 경이적이라 할 수 있을 것이다.

그를 표현하는 단어 중 '세계의 경제대통령', '움직이는 일국(一國)'이라는 수식어에서 알 수 있듯 시가총액 20위 안에 그의 기업이 12개가 포진되어 있을 만큼 그의 위상에 대단했기 때문에 그런 수식어가 등장했고, 세계 어느 나라를 방문하더라도 현재 그는 국빈급 이상의 예우를 받고 있었다.

솔직히 말하면 국내에서 그의 위상이 덜할 정도로 해외에서는 그를 모셔 조금의 투자라도 더 받기 위해 애를 쓰는 형편이었다. 따라서 그에 대한 외국의 예우는 한국인이 상상하는 것 이상이었다.

아무튼 그런 태호가 회동 제안을 했으니 트럼프로서는 현지 시각이 늦은 밤임은 물론 공화당 대통령 후보 경선으로 바쁜 와중임에도 불구하고 즉각 이를 수락했다. 물론 그가 수락한 이면에는 다른 이유도 있었다.

그로부터 사흘 후.

태호와 트럼프는 뉴욕의 트럼프타워에서 자리를 함께하고 있었다. 이 자리에는 트럼프의 장녀 이방카와 사위 재러드 쿠슈너가 함께하고 있었고, 삼원 측에서는 단지 김병수 비서실장만이 배석하고 있었다. 입을 떼자마자 트럼프는 태호에게 감사부터 표시했다.

"감사합니다, 회장님. 애초부터 자본이 부족함에도 불구하고 여타 수많은 기업을 제치고 우리 그룹을 송도랜드 마크시티 유한 회사에 동참시켜 준 것도 그렇고, 2008년 금융 위기로 그룹이 유동성 위기에 처하자 부족분까지 채워 넣어주시며 끝까지 함께해 주신 회장님의 신의와 도움에 다시 한번 감사를 드리는 바입니다."

지금 트럼프가 이런 말을 하는 데는 다 그만한 이유가 있었다. 즉, 2006년 삼원그룹과 트럼프그룹은 70 대 30의 지분으로 '송도랜드 마크시티 유한 회사'라는 회사를 설립했다.

수많은 기업이 삼원과 합작을 원했으나 태호는 입질만 하는 트럼프를 과감히 한국으로 초청해 자본 일부를 대주기까지 하며 이 사업에 동참시킨 것이다. 거기에 2008년 세계 금융 위기가 닥쳐 트럼프그룹이 유동성 위기로 곤란을 겪자 트럼프그룹에 재정적 지원을 하는 것은 물론, 삼원그룹의 자본만으로 지금까지 이 계획을 추진해 온 것이다.

이런 이유로 오늘 트럼프가 다시 한번 감사를 표한 것이다. 그런데 문제는 이단아 트럼프가 감사를 표할 정도로 이 사업이 대단한 것인가이다. 그래서 이 개발 계획을 잠시 짚고 넘어가면 다음과 같다.

송도랜드 마크시티 유한 회사는 오는 2018년까지 총 사업비 71조 원을 들여 인천 송도 6,8공구에 아파트 2만 가구, 주상복합 1만 가구, 단독주택 1천 가구를 건설하고 있으며, 각종 상업, 업무, 문화 시설 등 복합 시설을 건설할 예정으로 한창 공사가 진행 중에 있었다.

어찌 되었든 이 계획의 핵심은 뭐니 뭐니 해도 세계 최고층의 쌍둥이 빌딩을 짓는다는 것이다. 한국타워로 명명된 이 빌딩은 자그마치 417층, 2,502m로 지어지고 있어 완공이 되면 압도적인 높이로 세계 최고층 건물로 한국을 대표하는 랜드마크로서 한국인의 자긍심을 한층 더 높여줄 것이다.

이는 먼저 짓지만 2025년 준공 예정인 400층, 2,400m 높이의 두바이 시티타워(Dubai City Tower)를 능가하기 때문이다. 물론 고층 공사 경험이 많은 삼원건설이 두 건물을 모두 짓고 있었다.

아무튼 트럼프의 감사 인사에 태호가 말했다.

"오늘 내가 전격적으로 회동을 제안한 것은 회장님의 감사 인사를 받자는 것이 아니고 하나의 선물을 가져왔기 때문입니다."

"무슨……?"

"한국 대통령께서 그간 거부만 해오던 카지노 및 여타 위락 시설에 대한 허가를 해주셨기 때문에 더 많은 수입을 올릴 수 있을 것 같아 알려 드리기 위함입니다."

"그 정도는 전화상으로 얼마든지 나눌 수 있는 대화가 아닌지요?"

"Out of sight, Out of mind라는 영어 속담처럼 눈에서 멀어지면 마음에서조차 멀어질까 봐 기꺼이 먼 길을 온 것이지요."

태호의 말에 트럼프가 갑자기 손을 내밀며 말했다.

"그렇게까지 생각해 주신다니 영광입니다."

"하하하!"

그가 내민 손을 잡고 대소하던 태호가 잡은 손에 더욱 힘을 주며 말했다.

"더욱 힘을 내 공화당 경선에서 승리하는 것은 물론 대통령 선거에서도 승리해 나도 그 덕 좀 봅시다."

"하하하!"

태호의 말에 트럼프 또한 대소하며 말했다.

"요즈음 근소한 차이로 크루즈와 접전을 벌이고 있지만, 이번에는 틀림없이 공화당 경선은 물론 대선에서도 승리해 회장님의 은혜에 조금이라도 보답하도록 하겠습니다."

"믿습니다!"

열혈 성도 같은 태호의 발언에 크게 고무된 듯 붉은 얼굴이 더욱 붉어진 트럼프가 화답했다.

"회장님의 응원에 더욱 힘이 납니다. 천군만마를 얻은 기분입니다."

"하하하!"

다시 태호가 대소로 화답하자 분위기는 더욱 화기애애해졌다.

주지하다시피 요즘 미국은 민주, 공화 양당 대통령 후보 간의 경선이 치열하게 전개되고 있었다. 트럼프 역시 올해도 공화당 경선에 출연해 11월까지만 해도 25%의 지지율로 1위를 달렸다.

그러나 무슬림 관련 발언으로 언론의 뭇매를 맞은 12월 초 여론조사에서 크루즈에게 선두를 빼앗기고 12월 중순 여론조사에서는 27%로 22%의 크루즈에게 쫓기는 모습을 보여주기도 했다.

그러다 가장 최근인 2016년 1월 중순 기준 근소한 차이로 크루즈와 접전을 벌이고 있는 상태였다. 그러나 트럼프의 근본 문제는 선두 다툼이 아니라 미국 국민과 전문가들의 반응이었다.

이번에도 그가 대통령 후보 지명전에 나왔지만 매번 그래온 것처럼 이번에도 그의 특기이기도 한, 세상을 한번 깜짝 놀라게 하고 다시 슬쩍 무대에서 사라질 것이라는 것이 전문가들을 포함한 많은 미국인의 예측이었다.

따라서 전연 특별한 일이 아니라는 듯 대부분 사람들이 시니컬한 반응을 보이고 있는 것이 문제점이라면 가장 큰 문제점이었다. 이런 상황에서 양인의 대화가 이어지고 있는 가운데, 갑자기 트럼프의 장녀 이방카가 양인의 대화에 끼어들었다.

"회장님께서는 아빠의 당선 가능성을 얼마로 보고 계십니까? 솔직히 말씀해 주십시오."

이방카의 질문에 회심의 미소를 지은 태호가 답변에 나섰다.

"여러분이 잘 몰라서 그렇지, 내가 밀어준 사람치고 어느 하나 대통령에 당선되지 않은 사람이 없습니다. 이는 미국 대통령도 마찬가지이고 한국 대통령도 마찬가지입니다."

이 말에 이방카와 그녀의 남편 재러드 쿠슈너가 사실이 그러냐는 듯 김병수 비서실장에게 시선을 보내자 이를 눈치챈 그가 답했다.

"우리 그룹이 이렇게 번창한 이유 중의 하나가 사실은 회장님이 줄을 잘 선 이유도 단단히 한몫했음을 부인하기 어렵습니다. 신기하리만큼 백발백중이셨습니다."

"그래요?"

믿기지 않는다는 듯 이방카가 다시 한번 눈을 크게 뜸에도 불구하고 태호는 더 이상 그 문제는 거론하지 않고 자신의 요구 사항을 말했다.

"선거 초반이나 지금까지도 한국에 대해 방위비 분담금이나 FTA 재협상을 언급하는데, 한국인인 나로서는 듣기 매우 거북합니다. 따라서 나토나 일본은 거론하더라도 한국에 대해서만은 비록 예시일지라도 거론 안 해주셨으면 좋겠습니다."

"알겠습니다. 회장님께 받은 은혜도 있고 하니 앞으로는 그렇게 하도록 하겠습니다."

"그렇다고 그런 문제 전체를 건드리지 않으면 신선미가 떨어져 선거에 악영향을 미칠 것이니 한국만 거론치 않으면 얼마든지 거론해도 좋습니다."

"알겠습니다. 회장님의 말씀대로 꼭 그렇게 하도록 하겠습니다."

"선거에 도움이 되시라고 1억 달러를 나와 연을 맺고 있는 슈퍼리치 가문을 통해 기부하도록 하겠습니다."

"네?"

너무나 놀라운 액수에 이단아 트럼프는 물론 딸과 사위마저 눈이 커질 대로 커진 채 입을 쩍 벌렸다.

그도 그럴 것이 2015년 상반기까지 모인 정치 후원금 총액이 약 3억 달러이고, 이것의 절반을 넘는 1억 7600만 달러가 158개 슈퍼리치(가문)에서 나왔다는 2015년 10월 10일 자 뉴욕타임스 보도에서 알 수 있듯 거액 중의 거액 기부였기 때문이다.

참고로 2010년 미국 대법원은 기업, 노조, 개인이 출마한 후보와 독립적인 목적이라면 액수에 제한 없이 유권자들에게 돈을 쓸 수 있다고 판결했다. '표현의 자유'라는 가치를 중심에 뒀지만, 현실 정치에서는 달랐다. 정치 후원금의 문턱이 사실상 없어진 것이다.

정치인 후원회로 볼 수 있는 '팩(PAC: Political Action Committee)'이 특정 이슈를 중심으로 제한 없이 돈을 쓰는 '슈퍼 팩(Super PAC)'으로 모습을 달리 하게 된 것이다.

미국 전체 가구 수 1억 2천만 중 158개를 구성하는 가구가 선거를 좌지우지하는 셈이다. 이들이 모두 백인이고 노년층에 속하며 대부분 남성이라는 점에서 이들이 선거 기간에 벌이는 캠페인의 편향성에 대해 우려하는 목소리도 높았다.

아무튼 태호가 뱉은 거액 기부에 대한 놀람도 잠시, 트럼프가 갑자기 대소를 터뜨리며 다시 한번 손을 내밀었다. 그리고 태호의 손을 굳게 잡고 말했다.

"하하하! 역시 세계의 경제대통령답게 회장님은 통도 크십니다. 실로 감복했습니다. 내 반드시 당선되어 회장님의 은혜를 갚도록 하겠습니다."

"고마우신 말씀. 앞으로 좀 더 친밀히 지내며 잘해보도록 합시다."

"적극 동의 합니다."

이렇게 장래에 대한 포석을 철저하게 마친 태호는 그길로 그들이 제공하는 만찬에 참석해 함께 즐거운 한때를 보냈다.

이렇게 두 시간여를 트럼프타워에서 머문 태호는 곧 만찬에 뒤늦게 참석한 트럼프의 세 번째 부인 멜라니아 크나브스(Melanija Knavs)와 작별하는 것을 시작으로 이들 가족과 작별을 하고 그랜드하얏트호텔로 향했다.

그랜드하얏트호텔은 1970년대 중반 뉴욕의 중심부인 맨해튼에 버려진 코모도르호텔을 인수해 재건축한 트럼프 소유의 호텔이다. 이 호텔의 스위트룸을 트럼프가 제공해 태호 일행은 지금 그곳으로 향하고 있는 것이다.

아무튼 태호가 이 호텔 로비에 들어서는데 김병수 비서실장이 자신의 휴대폰을 들고 태호에게 의사를 물었다.

"회장님, 글랜코어의 이반 글라센버그 회장인데 바꿔 드릴까요?"

"무슨 일인데?"

"곡물 메이저 건의 인수에 대해 상의드리고 싶다고……"

"그래요? 이리 줘요."

"네, 회장님."

곧 휴대폰을 넘겨받은 태호가 전화를 받았다.

"자세히 말해봐요."

―4대 곡물 메이저 가운데 하나인 번지(Bunge)를 인수하고 싶습니다.

"시장에 나온 것이오?"

―타진했더니 그쪽에서 응해와서……

"알았으니 만나서 이야기합시다."

태호는 곧 휴대폰을 김 비서실장에게 넘겨주고 하얏트호텔의 위치를 설명해 주도록 했다. 그리고 태호는 엘리베이터로 향하며 글랜코어에 대한 생각에 잠겼다.

글랜코어는 미국 포춘지 선정 500대 기업 리스트에서 한때 7위에 랭크될 정도의 세계 최대 원자재 거래 및 생산 업체로 성장했다. 그러나 지속적인 원자재 가격 하락으로 2015년 상반기에는 11위, 현재는 다시 10위권에 간신히 재진입한 상태였다.

아무튼 세계 원자재 시장의 절반을 움직일 정도로 성장한 글랜코어의 2014년 매출은 260조 원, 영업 이익 6조 7천억 원, 시가총액 26조 원을 기록하고 있는 원자재 부분의 절대 강자였다.

매출의 76%는 원자재 채굴 부분에서, 나머지 24%는 원자재를 유통하고 트레이딩하는 마케팅 부분에서 벌어들이고 있었다. EBITDA(세전·이자 지급전 이익)의 90%를 구리, 아연, 석탄, 니켈의 채굴 및 트레이딩을 통해 얻고 있다.

이 외에도 상장된 석유 회사 가운데 세계 최대 석유 기업인 로스네프트(러시아 국영 석유기업) 지분 40%를 보유하고 있을 뿐만 아니라, 알루미늄, 코발트, 발전용 석탄의 20~30%를 쥐락펴락한다. 또한 원유와 곡물, 금 등의 거래에서도 메이저 플레이어로서 절대적인 영향력을 행사한다.

전 세계 40개국에서 광산 및 사무실을 운영하고 있으며, 전체 직원은 181,000명 수준이다. 11년까지 원자재 호황에 힘입어 화려하게 성장했지만, 12년부터 시작된 원자재 가의 하락은 회사 수익에 심대한 타격을 입혔다.

이를 만회하기 위해 글랜코어는 2012년 거대 광산 업체 엑스트라타를 315억 달러(약 34조 원)에 인수, 합병하는 절차를 밟았다. 이로 인해 시가총액이 무려 700억 유로(96조 원)에 이르는 공룡 원자재 기업이 세상에 출현하게 되었다.

글랜코어의 공격적인 경영은 여기에서 그치지 않았다. 이 해에 캐나다 곡물 업체 비테라를 61억 캐나다 달러에 인수했고, 이듬해인 2013년에는 일본 마루베니 상사와 경쟁을 벌여 가빌론 그룹을 26억 달러에 사들였다.

그러나 계속된 원자재의 하락은 회사 경영에도 악영향을 미쳐 현재는 시가총액 26조 원으로 쪼그라든 상태였다. 이는 곡물 부분을 떼어낸 결과로 곡물 부분을 합치면 시가총액이 상당히 늘어나 훨씬 상위에 랭크될 것이다.

*　　　　*　　　　*

다음 날 오후.

글라센버그는 곡물 부문 책임자인 크리스 마호니 이사를 대동하고 스위스에서 날아왔다. 곧 태호와 자리를 함께하게 된 글라센버그가 묻지도 않았는데 4 대 곡물 메이저 가운데 하나인 번지에 대해 브리핑을 했다.

"1818년 네덜란드 암스테르담에서 창업했고 미국에 본사가 있는 번지(Bunge)는 시가총액 113억 달러 규모로, 40여 개 국가에 임직원 약 35,000명을 보유한 세계적인 농업 식품 회사입니다. 2015년의 영업 이익은 12억 2천 9백만 달러(한화 1조 4,423억 원)를 기록한 바 있습니다. 농업 부문은 금속보다 더 안정적이어서 이번 기회에 꼭 번지를 인수하고 싶습니다, 회장님."

"문제는 저들이 매도할 의사가 있느냐는 것과 그 가격 아니오?"

"그렇습니다. 제가 번지 최고경영자(CEO)인 소렌 슈로더와 접촉한 결과 분명 가격만 맞으면 매각할 의사가 있다고 했습니다."

"흐흠……."

침음하며 생각에 잠기는 태호의 머릿속이 복잡했다. 한국은 쌀 외에는 자급하는 작물이 없다. 그래서 식량 안보 차원에서라도 태호는 오래전부터 이 곡물 메이저들에게 눈독을 들여왔다.

그래서 2012년의 두 곳 인수 외에도 2014년에도 두 곳을 인수한 바 있었다. 네덜란드계 회사 니데라의 지분 51%를 12억 달러(약 1조 3,500억 원)에 사들였다. 당시 니데라의 주식 가치는 24억 달러(약 2조 7,000억 원)로 평가됐다.

이에 그치지 않고 태호는 싱가포르에 상장된 노블그룹 농업 부문의 지분 51%를 7억 5,000만 달러(8,400억 원)에 사들였다. 이는 ABCD로 대표되는 4대 곡물 메이저의 횡포에 맞서 한국의 식량 안보를 확보하기 위해서였다.

이 4대 곡물 메이저는 아처—대니얼스—미들랜드(ADM), 번지(B), 카길(C), 루이스 드레이퓌스(D) 등 4개 사의 머리, 또는 중간 글자를 따서 만들어진 말로 이들의 농업 및 정치적 영향력은 막강했다.

이 메이저의 시장 지배력을 보면 세계 곡물 수출의 약 60%를 점유하는 미국 곡물 수출의 약 50%를 미국의 두 곡물 메이저가 차지하고 있으며, 나머지 3개사까지 합치면 전체 곡물 수출량의 85%를 차지하고 있고, 한국 곡물 교역량의 30%를 대는 거대한 조직이다.

카길사를 제외하고는 모두 유대계 자본이며, 이들은 자금력을 바탕으로 세계 각지 농산물 생산지나 시카고 선물 거래소 등에서 다량의 곡물을 매입, 정부와 기업에 판매함으로써 막대한 이윤을 얻고 있었다.

또한 곡물 매매의 중계 및 산하에 선박 회사까지 소유하고 있어 곡물의 수송과 가공, 하역, 선적, 배분, 저장 시설 등 유통 과정을 완벽하게 장악하고 있었다. 따라서 다른 상사가 곡물 거래에 파고들어 갈 여지가 없을 정도이다.

이런 영향력을 생각하니 태호는 배고픔이 느껴졌다. 그래서 태호는 이 4대 곡물 메이저 중 하나인 번지의 인수를 결심하고 다시 입을 떼었다.

"가격에 크게 구애받지 말고 어떠한 일이 있어도 이번 기회에 번지를 손에 넣도록 하세요."

"알겠습니다, 회장님."

"그럼 수고 좀 해주시오."

"네, 회장님."

곧 두 사람이 자리에서 일어나 밖으로 나갔다.

그로부터 사흘 후.

글라센버그가 직접 태호에게 전화를 걸어왔다.

—회장님, 성공했습니다.

"얼마에?"

—절충 끝에 58억 달러에 인수하기로 했습니다, 회장님.

"수고하셨습니다. 들어와 식사나 함께합시다."

—네, 회장님.

이번 M&A에서 저들은 처음에 60억 달러를 제시했다.

그러나 53억 달러를 적정 금액으로 보아 이를 거절했고, 저들도 53억 달러에는 팔지 않겠다고 버티는 바람에 결국 저들의 지분 51%을 인수하는 데 58억 달러를 지불하게 된 것이다.

이는 태호의 의지가 강력하게 반영된 결과였다. 어떠한 일이 있어도 인수할 결심을 굳혔기에 글라센버그로 하여금 끝까지 협상에 임하게 해 그 금액에 인수하게 된 것이다.

이로써 글랜코어는 곡물 시장의 최대 강자로 우뚝 서게 되었다. 전에도 세계 최대 밀 거래 업체이자 병아리 콩류 최대 거래 업체로 자리매김했는데, 이제 그 영향력이 더욱 확대되었으니 세계 곡물 시장을 한 손에 넣고 좌지우지할 수 있게 된 것이다.

한국 시각 2016년 11월 9일 오후 5시.

미국 시각 11월 8일 새벽 4시.

86년 역사를 뽐내며 '맨해튼의 별'로 불리는 미국 뉴욕 맨해튼 렉싱턴 405번가에 위치한 77층의 크라이슬러 사옥 전체가 갑자기 일시에 조명이 켜지며 주변을 환하게 밝혔다.

때를 같이하여 세계 유수의 통신사들은 물론 각국의 언론 매체들이 일제히 똑같은 기사를 쏟아내기 시작했다.

<도널드 트럼프 후보, 힐러리 후보를 큰 격차로 누르고 대통령에 당선!>

현지 시각 11월 8일 04시(한국 시각 11월 9일 17시) 88.14%의 개표가 진행된 가운데 공화당 후보 도널드 트럼프가 미국 45대 대통령으로 당선이 확정되었다.

이로써 도널드 트럼프는 미국 역사상 최초로 기성 정치인이 아닌, 부동산 재벌 출신의 대통령으로 이름을 올렸다. 또 내년 1월 취임 시 만 70세의 미국 최고령 대통령으로도 이름을 올리게 된다.

CNN 방송은 힐러리 클린턴이 도널드 트럼프에게 전화해 패배를 인정했다고 보도하기도 했다. 미국 대선에서 승리한 도널드 트럼프는 내년 1월 20일 미국 제45대 대통령으로 취임, 4년간 임기를 시작한다.

태호는 크라이슬러 사옥 75층 회장실에서 CNN의 화면을 보고 있었다. 사옥 전체에 일제히 조명을 밝히라는 지시를 내리고는 탁자 위에 놓인 휴대폰을 향해 걸어가는 순간이다.

갑자기 진동으로 해놓은 휴대폰이 부르르 떨며 날개 잃은 장수풍뎅이처럼 제자리를 맴돌기 시작했다. 곧바로 휴대폰을 짚어 들고 비밀번호를 해제하니 '이단아'라는 한국어가 떴다.

"Hi! Congratulations on your election!"

당선을 축하한다는 말에 트럼프가 화답했다.

—I wanted to call you first when the election was confirmed.

트럼프의 말을 태호가 받았다.

"감사합니다. 당선이 확정되고 나서 제일 먼저 내게 전화를 주었다니 더욱 감사하군요."

—I'll be with you 100%!

"하하하!"

태호는 앞으로도 100% 당신과 함께하겠다는 트럼프의 상투어에 웃음이 나와 대소를 터뜨렸다.

―I'll invite you to breakfast today morning at 10:00 am.

"누구의 초청이라고 거절하겠소. 오전 10시까지 꼭 가리다.
다시 한번 당선을 축하드립니다."

―Thank you!

＊　　　　＊　　　　＊

오전 10시.

태호는 수많은 취재진의 숲을 뚫고 또 삼엄한 경비마저 돌
파해 트럼프타워 내 대통령 당선자 거실에서 트럼프와 마주
앉아 있다.

예비 영부인 멜라니아가 손수 차를 들고 나오자 태호는 자
리에서 일어나 그녀를 맞으며 감사를 표했다.

"손수 차까지 주시니 감사합니다."

"아니에요. 저이가 입은 은혜를 생각하면… 오히려 대접이
부실해서 죄송해요."

"별말씀을."

그녀의 말대로 식탁에는 간단한 빵 몇 조각과 각각 우유와
햄버거가 하나씩 놓여 있어 그녀의 말이 거짓이 아님을 방증
하고 있었다.

"드시죠."

"네."

간단히 답한 태호가 다시 입을 떼었다.

"들기 전에 대통령 각하께 선물 하나를 드리겠습니다. 미시간 주 워런과 오하이오주 톨레도에 있는 공장을 현대화하는 데 3년간 10억 달러(약 1조 2,045억 원)를 투자하겠습니다. 워런 공장에서는 신형 지프 SUV 두 개 모델을 생산하고, 토렐도 공장에서는 신형 지프 픽업트럭을 생산할 계획입니다."

우유 한 모금을 마신 태호가 이어 말했다.

"또 멕시코 공장에서 생산해 온 램 대형 트럭을 토렐도 공장으로 옮겨서 생산하겠습니다. 이와 같은 조치를 통하여 크라이슬러 내 약 2천 개의 일자리가 창출될 것이라 예상하고 있습니다."

"하하하! 고맙긴 하나 세계 제일 그룹의 미국에 대한 투자치고는 너무 빈약한 것 같습니다."

"벌써부터 옥죄는 것입니까?"

"하하하!"

웃으며 손까지 저어 부정한 그가 웃음을 멈추고 말했다.

"그런 건 아니고요, 위상에 비해 솔직히 너무 적은 것 같아서요."

"좋습니다. 하면 내 조지아주 웨스트포인트 시에도 10억 달러를 더 투자해 현 30만 대 규모에서 60만 대 규모로 키우겠습니다. 그렇게 되면 최소 5천 개 이상의 일자리가 더 생기겠죠."

"정말입니까, 회장님?"

"물론입니다."

태호의 확신에 찬 대답에 트럼프 또한 화답했다.

"좋습니다. 나도 회장님의 성의에 보답하는 차원에서 대통령 당선자의 제1행보로 웨스트포인트를 방문하겠습니다. 거기서 삼원그룹의 투자 계획을 발표하십시오. 또 그 자리에 내가 임함으로써 기아자동차의 선전에 일조하도록 하겠습니다."

"하하하! 이거야말로 서로 Win—Win 하는 행보로군요."

"그렇습니다."

그의 대답에 흔쾌한 웃음으로 답하던 태호가 갑자기 정색한 표정으로 말했다.

"북핵을 외교 제1현안으로 놓으시겠다고요?"

"그렇습니다."

"그전에 한 가지 해결해 주셔야 할 게 있습니다."

"……."

트럼프가 계속하라는 듯 고개를 끄덕이자 태호가 입을 떼었다.

"국방력 강화 차원에서 한국도 핵 잠수함을 가지려는데 오바마 정부에서는 이를 허락하지 않았습니다. 뿐만 아니라 미사일 지침도 일부 개정하려 했지만 실패했습니다. 한국에 너무 많은 족쇄를 채워놓은 감이 듭니다."

"내 생각으로는 한국이 국방력을 강화할수록 그곳에 거주하는 미국 시민이나 주둔군의 안전도 더욱 담보되리라 생각하는데 지금까지는 과한 감이 있군요. 하여튼 회장님 말씀도 있고 하니 긍정적인 방향으로 검토해 보도록 하겠습니다."

"고맙습니다."

두 사람이 본격적으로 정치, 군사 이야기를 하자 멜라니아가 조용히 일어나 자리를 떴다. 이를 기점으로 두 사람은 식사도 하며 많은 이야기를 나누었다.

그리고 20분 후.

두 사람은 트럼프타워 내 현관에 섰다. 세계 각국에서 모여든 수많은 기자들이 에워싼 가운데 빨간 모자를 쓴 트럼프가 특유의 언변으로 말했다.

"우리 둘은 곧 조지아 주 웨스트포인트로 갑니다."

"무엇 때문입니까?"

어느 백인 기자의 질문에 트럼프는 간단하게 답했다.

"거기서 봅시다."

그러나 즉흥적인 트럼프의 계획은 금방 뜻을 이룰 수가 없었다. 대통령 경호실에서 파견 나온 요원의 강력한 이의 제기에 둘은 협의하여 약속을 변경할 수밖에 없었다.

멋쩍은 표정을 지은 트럼프가 수많은 기자들에게 말했다.

"내일 봐야겠습니다."

"어디에서 말입니까?"

어느 기자의 질문에 트럼프가 답했다.

"내일 오전 11시 조지아 주 웨스트포인트 기아차 공장!"

"기아차?"

수많은 기자들이 웅성거리는 것을 등진 트럼프는 곧 태호와 악수를 교환하고 빌딩 내로 들어갔다.

다음 날 오전 8시.

수많은 수행원을 거느린 두 사람은 공항에서 만나 사전 점검을 마친 트럼프 소유의 비행기를 타고 애틀란타공항을 향해 비행하기 시작했다.

두 시간여의 비행 끝에 공항에 내린 두 사람은 사전에 준비된 군용 헬기를 타고 웨스트포인트 기아자동차 공장으로 향했다. 약 20분의 비행 끝에 공장 내 헬기장에 내린 두 사람은 곧 공장을 향해 잔디밭을 걷기 시작했다.

공장 입구에는 이미 수백을 헤아리는 취재진이 몰려 있었다. 사전에 이런 일이 있을 줄 알고 기자들에 한해 공장 출입을 허락했기 때문이다.

아무튼 수행원에 둘러싸인 두 사람을 발견한 취재진이 몰려들기 시작하자, 돌연 트럼프가 걸음을 멈추고 공장 전체를 돌아보더니 말했다.

"전에는 미국 내에 이런 훌륭한 공장이 있는 줄 몰랐습니다."

"조지아공대 기업혁신연구소 발표에 따르면 기아차 관련 신규 일자리가 2012년 기준 이만 개를 넘어섰고, 지역 경제 효과가 65억 달러에 달한다 합니다."

"굉장하군요."

"현재 이곳에서 연 30만 대를 생산하고 있는데, 10억 달러를 더 투자해 60만 대 생산 규모로 증설하겠다는 것입니다."

"그 이야기는 회장님께서 기자들에게 직접 발표하는 것으로……."

"당선자의 말씀이어야 더 효과가 있을 것 같습니다."

"하하하! 그렇습니까? 그럼 내가 발표하도록 하죠."

곧 몰려온 기자들이 두 사람에게 포즈를 취해달라는 요구를 무시하고 트럼프는 거칠게 손을 흔들며 자신의 말을 쏟아내기 시작했다.

"지난 수십 년 동안 미국은 우리의 산업을 희생해서 다른 나라를 부강하게 했고, 우리 국방을 궁핍하게 만들며 다른 나라 군대를 지원했으며, 우리 국경 방어를 포기하고 다른 나라 국경을 지켜줬습니다. 이로 인해 미국의 사회간접자본(SOC)이 황폐화되고 녹슬어도 우리는 외국에 수 조 달러를 썼습니다. 그러나 앞으로 미국의 통상과 세제, 이민, 외교 등 모든 정책은 미국 근로자와 미국 가족들의 이익을 고려해 결정될 것입니다."

격하게 여기까지 일시에 쏟아낸 트럼프가 숨을 몰아쉬고 다시 힘주어 말하기 시작했다.

"우리는 각국과 좋은 우정과 관계를 추구하겠지만, 이는 우리의 일자리와 국경, 부(富), 그리고 우리의 꿈을 다시 찾아올 수 있도록 도와주는 나라와 기업에 한해서이고, 나는 이런 나라와 기업에 한해 더욱 각별한 관심을 갖겠다는 것을 분명히 이 자리에서 말씀드립니다. 나의 이런 뜻을 오래전부터 잘 알고 있는 분이 바로 내 옆에 서 계십니다. 언론을 통해 많이 보셨겠지만 나의 가장 친한 친구이자 세계인이 세계의 경제대통령이라 부르는 삼원그룹의 총수 김태호 회장님이십니다."

잠시 장내를 휘둘러 본 트럼프가 재차 말을 이었다.

"이분은 내가 당선되자마자 제일 먼저 달려와 나에게 가장 큰 선물을 안겨주셨습니다. 여러분을 이곳에 모신 이유이기도 합니다. 삼원그룹에서는 이 기아자동차에 10억 달러를 더 투자하여 연 60만 대를 생산하기로 했습니다. 이로 인해 이 지역에 최소 5천 개 이상의 일자리가 생겨날 것입니다. America First! America First!"

America First!

미국 우선주의를 몇 번이나 거듭 강조한 트럼프가 태호를 돌아보며 말했다.

"또 다른 선물은 회장님께서 직접 발표하시죠."

이에 태호는 할 수 없이 트럼프에게 한 이야기를 반복할 수밖에 없었다.

"미시간주 워런과 오하이오 주 톨레도에 있는 크라이슬러 공장을 현대화하는 데 3년간 10억 달러를 투자하겠습니다. 워런 공장에서는 신형 지프 SUV 두 개 모델을 생산하고, 토렐도 공장에서는 신형 지프 픽업트럭을 생산할 계획입니다. 또 멕시코 공장에서 생산해 온 램 대형 트럭을 토렐도 공장으로 옮겨서 생산하겠습니다. 이와 같은 조치를 통하여 본인은 크라이슬러 내 약 2,000개의 일자리가 창출될 것이라 예상하고 있습니다."

"들으셨습니까? America First!"

태호의 말이 끝나자마자 엄지까지 치켜들며 다시 한번 미국 우선주의를 천명한 트럼프가 비로소 미소 띤 얼굴로 태호의 손을 잡으며 굳게 악수를 나누었다.

그러자 카메라 셔터 내리는 소리가 일시에 터지며 주변을 난청 지역으로 만들었다. 그러나 익숙한 둘은 여전히 미소를 띤 채 포즈를 취해주고 잠시 후에는 어깨를 나란히 하고 공장 안으로 향했다.

트럼프를 먼저 보내고 한국으로 돌아가기 위해 태호 또한 승용차에 올랐다. 준공식에 이어 이번이 두 번째 방문인 태호로서는 자신도 모르게 새삼 주변에 시선을 주었다.

그의 눈에 들어오는 시가지는 전과 달리 활기가 넘쳐나고 있었다. 미국 경제가 겪고 있는 불황의 어두운 분위기는 어디에서도 찾아볼 수 없었다. 공장 인근 채타후치강 주변엔 신규 주택 건설이 한창이었다.

지나가는 연도 변 한 식당가엔 '예수님, 기아차를 우리 마을에 보내주셔서 감사합니다(Thank you, Jesus for bringing KIA to our town)'라고 쓰인 푯말이 아직도 내걸려 있었다.

기아차가 10억 달러를 투자한 조지아 공장은 2010년 10월 26일 준공식을 갖고 본격적인 생산에 들어갔다. 기아차 공장의 준공에는 조지아 주 정부의 일자리 창출 노력이 큰 역할을 했다.

소니 퍼듀 주지사는 지난 2006년 서울을 직접 찾아 협상을 주도해 미시시피 주를 제치고 공장 유치에 성공했다. 조지아 주 정부가 기아차에 제공한 인센티브는 총 4억 1,000만 달러. 261만 2,000㎡(약 79만 평)의 공장 부지와 도로, 철도 등 인프라를 무상으로 제공했다.

교육 훈련비를 지원하고 세금 감면 혜택을 줬다. 기아차 공장의 일자리 한 개를 만드는 데 제공된 비용은 19만 5,417달러에 이른다. 주정부는 공장 주변에 '기아 조지아 트레이닝센터'를 건립, 기아차에 선물하기도 했다.

주정부는 이곳에서 '기업 맞춤형 교육'인 '퀵스타트' 프로그램을 운영 공장에서 일할 직원들이 미리 작업을 숙달할 수 있도록 했다.

공장과 인근 고속도로를 잇는 새 인터체인지를 설치하고, 공장 정문 앞을 통과하는 '기아 파크 웨이(Kia Park Way)'와 트레이닝센터로 연결되는 '기아 블바드(Kia Boulevard)' 등 '기아' 이름을 붙인 새 도로를 개통했다.

기아차 공장 설립으로 인해 지금까지 창출된 일자리는 총 1만 1,000개에 이른다. 기아차 1,100개, 동반 진출 한 부품 협력 업체 4,000개, 관련 서비스 업종 5,900개 등이다. 현재 이 공장에서 생산 중인 차종은 '쏘렌토R'이다.

위와 같이 조지아 주 기아자동차에 대해 자세히 소개한 것은 이것이 세계에서 삼원그룹 자동차 계열사들만이 유일하게 누리고 있는 단면이기 때문이다.

2007~2008년 유가 급등으로 미국 GM 및 모든 자동차 사들의 시장 점유율은 추락했다. 금융 위기 이후 경기 침체가 찾아들자 소비자들은 아예 자동차를 구매 목록에서 지워 버렸다.

그럼에도 불구하고 미국이나 일부 자동차 메이커들은 정신을 못 차리고 '팔릴 만한 차'를 만들어내지 못했다. 픽업트럭과 스포츠유틸리티차량(SUV)이 많이 팔리는 미국 시장의 구조상 점유율이 높은 자사 제품은 언제까지나 잘 팔릴 것이라고 믿었고, 여전히 저 연비의 차량만 출시했던 것이다.

그러나 이와 달리 삼원그룹 소속 자동차 메이커들은 일찍이 다시 도래할 고유가 시대에 대비해 연비 효율이 좋은 자동차 개발에 매진해 미국은 물론 전 세계 시장에 출시해 시장점유율을 빠른 속도로 높여 나갔다.

여기에 후발 주자로서의 약점인 가격은 낮으나 품질이 떨어진다는 점을 극복하기 위해 '10년, 10만 마일 무상 보증 수리'라는 캐치프레이즈 아래 대대적인 광고와 판촉 활동을 한 결과 이 불신의 장벽을 서서히 제거할 수 있었고, 이는 훗날 소비자들의 재계약으로 이끌 수 있는 밑거름이 되었다.

이렇게 하기 위해서는 삼원그룹 총괄 자동차 회장에 오른 카를로스 곤은 물론 태호 또한 팔을 걷어붙이고 품질 향상에 사운을 걸었다. 수많은 부품 업체 중 가장 품질이 우수한 두 업체를 선정해 경쟁을 시킴과 동시에 그래도 품질이 달린다고 생각하는 업체는 기술 지도도 했다.

즉, 이미 인수한 닛산, 미쓰비시, 크라이슬러사로 구성된 품질 자문위원회를 발족시켜 기술을 전수한 것이다. 물론 기술을 지원하는 부분에 대해서는 상응한 기술료도 지급해 그들로 하여금 불만을 갖지 않도록 했다.

그래도 나아지지 않는 부품 업체는 과감히 퇴출시켜 버리고, 본사 직영으로 부품 업체까지 만들었다. 그러자 그 효과는 기대 이상이었다. 이것이 본보기가 되어 전 부품 업체가 퇴출당하지 않기 위해 분발한 것이다.

이렇게 하길 어언 7년. 2005년을 기점으로 삼원 산하 자동차 메이커들은 세계 최고의 품질을 자랑하는 기업체가 되었다. 여기에 그룹 차원에서 고연비 및 저배출가스 차량 개발에 매진해 이 또한 세계 최고의 기록을 경신해 나갔다.

이 모든 것이 이루어진 시점에 또다시 고유가 시대가 도래했고, 삼원그룹의 자동차 메이커들은 기 '10년, 10만 마일 무상 보증 수리' 외에도 막강한 자금력을 이용해 무이자 할부 판매까지 전 세계적으로 실시하니 생산이 미처 판매를 따라가지 못할 정도로 판매 강세를 이어나갔다.

이것은 곧 전 세계 시장의 높은 점유율을 불러왔고, 이를 기반으로 삼원그룹의 자동차 메이커들은 속속 그 지평을 넓혀 나갔다. 즉, 각국에 현지 공장을 속속 세워 나간 것이다.

이는 아직도 통합되지 않고 자사 명을 사용하는 기아, 대우, 쌍용 등의 브랜드에서 알 수 있듯 강성 노조의 파업과 이로 인한 생산성 대비 고임금에 대한 탈출로이기도 했다.

주로 저임금 국가인 중국, 베트남, 인도, 이란 및 모로코를 비롯한 아프리카 국가, 또 기존의 폴란드, 루마니아, 우크라이나 등의 동유럽 국가 등에 신규 공장을 설립하는 것은 물론 기존의 공장도 확장을 거듭해 나갔다.

물론 미국이나 저 관세를 이용하기 위한 멕시코 공장 등에도 새로운 공장을 설립했지만, 저 임금 국가 및 인구가 많은 국가가 우선시된 것은 사실이다.

이런 속에서 2007년 5월에는 크라이슬러 내 다임러의 지분 전체를 인수해 크라이슬러를 완전 삼원자동차그룹에 편입시키기도 했다. 이는 고유가 시대를 맞아 위기의식을 느낀 그들이 먼저 제안했지만, 사실 그들은 이미 오래전에 결별을 선언해야 했다.

2년 교대로 사장을 맡는 체제에서 유독 그들이 사장을 맡은 2년 동안 크라이슬러 노동자는 물론 임원들의 불만이 폭주했기 때문이다. 한마디로 그들은 크라이슬러 내 임원과 노동자들을 깔보고 무시했다.

다임러 출신 임원들은 거만한 시선과 태도로 크라이슬러 임원들에게 하대하고, 이로 인해 크라이슬러 출신 임원과 직원들은 그들의 의견을 흘려듣는 경우가 많았다.

실로 물과 기름같이 겉돌며 다임러의 체제하에서는 크라이슬러의 유연한 분위기마저 사라져 버린 것이다. 아무튼 이렇게 크라이슬러마저 편입시킨 삼원자동차그룹의 독주 체제를 불러오는 사건이 발생했다.

그 첫 번째 사건은 2010년 1월 21일, 일본 도요타자동차가 미국에서 가속 페달 결함 차량 230만 대를 리콜하면서 시작되어, 이 리콜은 유럽, 아시아 등 전 세계로 확산되며 도요타는 물론 일본의 이미지마저 추락시켰다.

두 번째 사건은 2015년 9월 폭스바겐 AG그룹의 디젤 배기가스 조작 사건이었다. 폭스바겐의 디젤 엔진에서 디젤 배기가스가 기준치의 40배나 발생한다는 사실이 밝혀졌고, 센서 감지 결과를 바탕으로 한 주행 시험으로 판단이 될 때만 저감 장치를 작동시켜 환경 기준을 충족하도록 엔진 제어 장치를 프로그래밍했다는 사실이 드러난 것이다.

이로 인해 그래도 선전하던 두 회사가 결정적 타격을 입어 선두권에서 멀어졌고, 삼원그룹은 그 수혜자가 되어 더욱 판매량을 늘려 나가니 이제 삼원그룹 자동차 부분은 전 세계적으로 연 2천만 대 이상을 생산, 판매하는 부동의 세계 제1위 자동차 메이커가 되었다.

그 결과는 그대로 주가에도 반영되어 전 세계 시가총액 순위 3위에 랭크되며 11월 현재 6,553억 달러를 기록하고 있다. 여기에 일찍부터 친환경 하이브리드자동차 및 자율주행자동차 개발에 매진해 이마저도 현재 선두에 서서 세계 시장을 선도하고 있었다.

생각에서 깨어난 태호가 전방으로 시선을 주니 어느덧 애틀랜타 하츠필드국제공항의 컨트롤타워가 눈앞에 들어오고 있었다. 곧 시카고국제공항에 이어 미국에서 두 번째로 큰 공항의 우람한 건물이 속속 눈에 들어오는데, 태호의 시선을 유난히 끄는 간판이 있었다.

'삼원전자라 쓰인 입간판이었다. 미국 남부의 최대 관문으로 시간당 15만 명 이상이 이용하는 이 공항을 삼원그룹은 그냥 내버려 두지 않았던 것이다. 이곳에서도 삼원전자를 선전하고 있었다.

삼원 반도체, 전자, 정보통신을 아우르는 삼원전자라는 공룡 기업을 탄생시킨 결과 지금은 세계인 모두 삼원전자를 모르는 사람이 없을 정도로 유명 기업이 되어 있었다.

불황일수록 공격적인 투자를 단행해 현재는 전 세계 반도체 시장의 51%를 점하고 있는 유명 기업인 데다 전 세계 곳곳에 분포한 가전 공장, 여기에 항상 제일 먼저 첨단 제품을 쏟아내는 휴대폰 사업, LCD 패널, OLED 패널 등 액정 화면 표시 장치인 디스플레이 패널을 생산, 판매하는 디스플레이 사업 등이 더해져 명실공히 시총 1위의 공룡 기업이 되었다.

이 또한 품질 제일주의를 주창한 결과물이었다. 자동차와 같이 부품 업체들부터 키워 전체가 세계 최정상의 품질을 이룩한 데다, 이를 바탕으로 속속 현지 공장을 세운 결과 지금은 세계인 모두가 아는 다국적 기업이 되었다.

생각에서 깨어난 태호가 미리 대기하고 있던 자신의 비행기를 타고 애틀랜타공항을 이륙한 것은 그로부터 30분 후였다.

*　　　　*　　　　*

2017년 1월 20일.

미국 제45대 대통령 취임식에 태호는 트럼프의 초청으로 그와 함께했다. 그러나 한국은 지금 태호 외에는 초청 인사가 거의 없을 정도로 트럼프와 줄을 대고 대지 못한 데다 나라는 나라대로 큰 혼란과 위기에 처해 있었다.

2016년 12월 3일. 박 대통령에 대한 탄핵소추가 국회 재적의원 과반수 이상에 의해 발의되었고, 2016년 12월 9일에는 국회 본회의 표결이 이루어져 찬성 234, 반대 56으로 탄핵소추안이 가결되는, 헌정 사상 유례가 없는 일이 벌어지고 말았다.

이로 인해 대통령은 권한 정지가 되어 그야말로 식물 대통령으로 전락하고 마니 나라가 제대로 작동될 리 없는, 그야말로 불안한 시절을 대한민국은 보내고 있었다.

이런 와중에 그래도 한국을 대표하듯 이 취임식에 참석한 삼원그룹의 회장 김태호만이 국민에게는 조금이라도 위안이 되는 요소로 작용하고 있었다. 트럼프와 김 회장의 친분만으로도 미국 대통령이 한국을 무시하지 않을 것이라는 일종의

자기 최면이었던 것이다.

*   *   *

3월 초.

3월 10일, 박 대통령에 대한 헌법재판소의 탄핵 결정 선고를 앞두고 국내가 어수선한 가운데 인도네시아 주재 지사장 강태용은 필드에서 라운딩을 하고 있었다.

현재 기온 30도 정도로 한국의 여름 날씨와 비슷하나 습도가 높아 끈적끈적한 느낌을 지울 수 없었다. 그래도 이틀에 한 번꼴로 내리는 비가 오지 않아 다행이라 생각하며 라운딩에 임하던 강태용은 상대가 지친 기색을 보이자 그만할 생각으로 말했다.

"그만하시죠?"

이 시기는 인도네시아 국민의 86%가 믿는 이슬람교의 라마단 기간이라 그가 체력적으로 많이 떨어져 있음을 알고 한 제의에 C는 말없이 고개를 끄덕여 동의를 표했다.

제2장
방산 산업의 신흥 강자 I

비대한 체구에 콧수염을 기른 C가 흐르는 땀을 수건으로 닦으며 말했다.

"9홀만 돌아 아쉽지만 이만 끝내고 뒤풀이나 합시다."

"좋습니다. 잘 아시는 데가 있으면 가시죠."

"나만 따라오세요."

C는 자신의 가슴까지 쾅쾅 치며 흰소리를 했다. 별것도 아닌 일을 가지고. 아무튼 강태용은 자신이 끌고 온 승용차에 태워 그가 가자는 대로 갔다. 이내 두 사람이 간 곳은 강태용도 너무나 잘 알고 있는 건물이었다.

꾸닝안에 위치한 자카르타에서 가장 높은 건물인 가마타
워(GAMA Tower)였기 때문이다. 이 건물이 인도네시아의 랜
드마크라서 잘 알고 있는 것도 있지만, 이 건물 건축 당시 삼
원건설에서 CM(Construction Management: 건설 사업 관리)을
맡았기 때문이다.

CM은 전체 프로젝트에 대한 총괄 관리로 초고층 빌딩 프
로젝트 수행 역량이 뛰어나고 경험이 많지 않으면 수주가 불
가능하다. 삼원건설이 CM을 맡은 것도 발주처의 요청에 따른
것이다.

수주 금액은 1,500만 달러로 시공과는 규모의 차이가 있지
만 상대적으로 수익성이 높았다. 현장에 투입된 삼원건설 직
원은 소장을 포함해 총 네 명. 적은 인력으로 높은 효율을 내
는 셈으로 손실 가능성은 낮은 반면 일정 부분 이익률이 확
보되는 장점이 있었다.

아무튼 가마타워는 64층. 가마타워의 47층부터 59층까지
는 5성급 웨스틴호텔이고 나머지 층은 오피스와 레스토랑 등
으로 사용되고 있었다. 이 건물에 도착한 두 사람은 곧 엘리
베이터를 타고 이동하기 시작했다.

그리고 두 사람이 내린 곳은 사우나실이었다. 그가 하는 대
로 라커룸에서 수영복으로 갈아입고 나니 그는 그동안 테라
피스트와 무언가 대화를 나누고 있었다. 대충 들어보니 그와

다시 만날 시간을 정하고 있었다.

곧 강태용은 그가 이끄는 대로 자쿠지(Jacuzzi: 기포가 나오는 욕조)로 이동했다. 둘은 곧 욕조로 들어가 따뜻한 물에 몸을 담갔다. 그러자 온몸이 해초처럼 흐늘흐늘 풀어지는 느낌이 들며 안온이 찾아왔다.

그런 속에서 창밖을 바라보니 자카르타 시내의 풍경이 한눈에 들어왔다. 비가 오는 날 이렇게 탕 안에 누워 있으면 더 좋을 것 같다는 생각을 하며 눈꺼풀이 무거워지는 느낌이 들었다.

막 잠이 들려고 하자 그가 깨워 둘은 건식 사우나로 이동했다. 그곳에서 땀을 뺀 둘은 냉탕으로 들어가 몸을 식히고 있자니 약속 시간이 되었는지 테라피스트가 둘을 찾아왔다.

이에 둘은 그를 따라 안마실로 이동했고, 곧 90분의 안마가 시작되었다. 안마의 시작은 세족을 해주는 것이었다. 이때 테라피스트가 세 개의 돌을 보여주며 셋 중 하나를 고르도록 했다.

각각 Hope, Love, Gratitude 등의 문자가 새겨진 돌이었다. 이에 강태용은 Hope를 골랐고, C는 Gratitude(감사하는 마음)를 골랐다. 머지않아 마사지가 시작되었고, 강태용은 테라피스트의 말에 따라 양손으로 그 돌을 잡고 가슴 쪽에 손을 모았다.

마치 신성한 의식을 거행하는 것 같은 기분이 들며 자신이 품은 희망이 금방이라도 이루어질 것 같아 강태용으로서는 기분이 좋았다. 그런데 그를 더욱 기분 좋게 하는 것이 있었다.

아로마 향을 손으로 비벼서 들이마시고 내쉬기를 반복하다 보니 심신의 안정이 찾아오며 안온한 느낌이 든 것이다.

이렇게 90분의 마사지를 끝낸 두 사람은 다시 라커룸으로 돌아와 입고 온 옷으로 갈아입고 그들이 제공하는 대접을 받았다.

즉, 따뜻한 차와 초콜릿, 간단한 스낵류가 차려진 다탁 앞에 앉은 것이다. 곧 강태용은 따뜻한 차를 마시고 비로소 용건을 말했다.

"국방장관을 만나게 해주십시오."

"그런 일이라면 걱정 마시오. 그는 나의 죽마고우니까."

가슴까지 두드리며 다시 한번 흰소리를 친 그가 자신의 말을 실증이라도 하듯 휴대폰을 꺼내 들었다.

그리고 곧 그는 통화를 시도했다. 곧 연결이 되었는지 그가 인도네시아 말로 무어라 떠들었다.

그러더니 곧 그가 영어로 말했다.

"내일 오전 10시까지 청사로 들어오랍니다."

"정말입니까?"

"나를 못 믿소?"

"아, 아닙니다. 너무 기쁜 마음에 그만……."

"하하하! 좋소. 내일 9시 반쯤 만납시다."

"모시러 가겠습니다."

"고맙소."

곧 함께 일어선 두 사람은 그길로 그곳을 빠져나왔다. 물론 이용료는 강태용이 법인카드로 결제했다.

*　　　*　　　*

다음 날 오전 10시.

강태용과 C는 국방부장관실에서 한 사람과 마주하고 있었다. 랴미자르드 랴쿠두(Ryamizard Ryacudu) 현 인도네시아 국방장관이었다. 50년생이니 우리나라 나이로 치면 68세의 참모총장을 지낸 정통 군 출신이었다.

강태용은 곧 준비해 간 팸플릿을 꺼내 들고 회사 및 삼원항공우주산업에서 개발한 전투기 및 여타 무기에 대해 자세히 소개하기 시작했다. 그러자 랴쿠두는 몇 마디 듣지도 않고 대뜸 손부터 내저었다. 그리고 말했다.

"당신네 회장과 만나고 싶소."

당신과는 같은 체급이 아니라는 말로 들려 강태용으로서는 내심 서운함도 있었지만, 오랜 경력의 상사맨으로서 익숙한 영업용 미소를 띠고 말했다.

"곧 회장님 명의로 초청장을 발송하도록 하겠습니다."

"좋소. 그 초청장에는 여기 있는 내 친구는 물론 내 가족, 즉 아내와 세 명의 자식, 그리고 실무요원 세 명을 꼭 포함시키도록 하시오."

"알겠습니다, 장관님."

"그럼 한국에서 봅시다."

"네, 장관님."

면담은 너무도 간단히 끝났다. 그러나 강태용으로서는 한 건 했다는 생각에 기분이 너무 좋았다.

그로부터 열흘 후.

인도네시아 국방부장관 내외는 자녀 셋과 실무요원 세 명을 데리고 한국행 비행기에 올랐다. 물론 강태용과 C도 동행했다.

아무튼 서울에 도착한 일행은 곧 강남의 삼원호텔에 여장을 풀었다. 이날 저녁 삼원호텔에서는 장관 내외를 위한 환영 만찬이 베풀어졌다. 원형의 식탁을 중심으로 장관 내외와 이진욱 SAI 회장 내외, 상사의 회장 내외와 함께 C와 강태용도 같이 자리했다.

"자, 장관님 내외분의 건강과 양국의 우의를 위해 건배 한 번 합시다. 위하여!"

"위하여!"

곧 이 회장이 술잔을 입으로 가져갔고, 장관 내외는 무슬림이라 술이 아닌 음료수를 마셨다.

이렇게 시작된 화기애애한 만찬은 식사에 이어 여흥 시간으로 넘어갔다. 준비된 밴드가 들어오고 돌아가며 한 사람씩 노래를 부르기 시작했다. 그런데 곧 깜짝 놀랄 일이 벌어졌다.

장관 부인의 순서가 되어 그녀가 팝송을 부르기 시작하는데, 이건 잘 부르는 정도가 아니라 프로 수준이라 참가한 모든 사람들의 열렬한 박수갈채를 받았다. 이렇게 되니 장관을 제외한 참가한 모든 사람들의 앙코르가 이어졌고, 그녀는 이 또한 모두 잘 소화해 냈다.

다음 날.

장관 내외는 그룹에서 제공한 헬기를 타고 사천으로 이동했다. 이 헬기에 강태용과 C는 물론 실무요원들도 함께 탑승했다.

이들이 사천 헬기장에 도착하니 미리 내려가 있던 이 회장이 사내 간부들을 이끌고 장관 내외를 영접했다.

"어서 오세요! 우리 공장을 방문해 주셔서 영광입니다!"

"고맙습니다."

"안으로 드실까요?"

"그럽시다."

일행은 이 회장의 안내에 따라 회장실로 직행했고, 그곳에는 이미 모든 브리핑 준비가 완료되어 있었다. 곧 이 회장이 단상으로 올라가 손에 든 작은 리모컨을 누르자 슬라이드 식으로 스크린에 화면이 떴다.

첫 번째 화면이 비추어지자 자체적으로 K—35라 명명된 전투기의 날렵한 동체가 화면을 가득 메웠다. 이어 한 번 더 리모컨을 컨트롤하자 개략적인 설명과 함께 제원이 나열되어 있다.

K—35 전투기는 차세대 전투기의 핵심이라 할 수 있는 스텔스(Stealth) 성능과 함께 다양한 임무를 수행할 수 있는 멀티—롤(Multi—Role) 전투기다. 전장 15.5m, 날개 폭 10.7m, 중량 25t으로 헬리콥터처럼 공중에서 정지하고 어느 곳에나 수직 착륙 하는 것이 가능하다. 레이더가 내보내는 전파를 흡수하거나 난반사시켜 적군의 레이더에 제대로 잡히지 않도록 하는 첨단 기술인 스텔스 기능도 갖추고 있다.

이 회장이 리모컨을 컨트롤하자 사진과 함께 영어 자막이 계속 떠올랐다.

K—35 전투기는 F—22 전투기에서 사용되던 스텔스 성능을 보편화시킨 전투기이다. 스텔스 성능이 발휘되도록 설계된 동체와 레이더 흡수 재료를 통해 K—35 전투기의 레이더 반사 면적은 매

우 작은 수준이다.

K-35 전투기의 스텔스 성능은 레이더에 대한 저탐지성에만 머물지 않는다. 스텔스기를 탐지하는 기술이 발달되면서 스텔스기를 탐지하는 수단인 적외선과 적의 전자 정찰에도 스텔스 성능을 갖췄다.

K-35 전투기는 독특한 설계를 통해 적외선 탐지율을 낮추었다. 또한 K-35 전투기에 장착되는 레이더는 저피탐성 전파를 발산해 적의 전자 정찰에도 잘 잡히지 않는다. 다양한 스텔스 기술이 접목된 K-35 전투기는 '먼저 보고 먼저 쏘는' 스텔스 전투기의 기능에 충실한 전투기였다.

K-35 전투기는 다양한 임무를 수행할 수 있는 멀티-롤 스텔스 전투기로 개발되었다. K-35 전투기는 공대공, 공대지, 그리고 정찰 임무까지 소화한다. 이러한 임무를 보다 효과적으로 수행하기 위해 K-35 전투기는 전투기의 두뇌라 할 수 있는 조종석에 대변화를 주었다.

K-35 전투기는 개전 초기에는 적의 레이더에 탐지되는 것을 피하기 위해 무장과 연료를 동체 내부에 탑재하고 적진 깊숙이 침투하여 타격 임무를 수행할 수 있다. 표준 무장으로는 중거리 공대공 미사일과 정밀 유도폭탄인 합동 직격탄을 각각 두 발씩 동체 내부 폭탄창에 탑재한다.

레이더는 공대지 모드에서 매우 뛰어난 성능을 자랑한다. 여기에 최신형 표적 획득 및 추적 체계인 광전자 표적 장비와 접근하는 미사일이나 공중 목표물에 대한 식별 및 위치를 파악하는 6개의 적외선 센서로 구성된 분산형 개구 장비는 F—22 전투기에는 없는 최첨단의 광학 감시 장비이다.

여기까지 말없이 화면을 바라보던 랴미자르드 랴쿠두 국방장관이 손을 내저으며 말했다.

"잠깐만요."

"지루하십니까?"

"그렇소. 좋은 건 알겠는데, K—35가 미국의 F—35와 다른 점이 무엇이오?"

"성능에서는 거의 대동소이하나 한 가지 다른 점이 있습니다."

"그것이 무엇이오?"

"가격입니다."

"내가 가장 알고 싶은 것도 그 부분이오. 대당 가격이 얼맙니까?"

"2001년 미 국방부가 F—35를 선정할 당시 이 기종의 대당 가격은 5,020만 달러(한화 560억 원) 수준이었습니다. 그러던 것이 개발 일정 지연과 생산 지연에 따른 비용 상승으로 2010년에는 대당 가격이 자그마치 84%나 오른 9,240만 달러(한화 약 1,035억 원)로 껑충 뛰었습니다. 하지만 우리의 K—35의 대당 가격은 6천만 달러(한화 670억 원) 정도 됩니다."

"흐흠……."

침음하며 한참을 고민하던 랴미자르드 랴쿠두 국방장관이 다시 물었다.

"물량이 많으면 가격이 더 떨어지겠지요?"

"물론 그렇습니다만, 많이 뺄 수는 없을 것입니다. 성능은 F −35와 대동소이한데 대당 가격은 60% 수준밖에 안 되니 이만 해도 매우 싸게 사는 게 되기 때문입니다."

"흐흠……."

다시 깊은 생각에 잠기는 그를 보고 이 회장은 천천히 단상에서 내려와 그에게로 걸어갔다. 그리고 그에게 말했다.

"백문이 불여일견이라고 실물을 보러 가실까요?"

"지금 당장 이곳에서 볼 수 있는 겁니까?"

"물론입니다. 시제기로 제작된 것 중 두 대가 현재 이곳에 배치되어 있습니다."

"그렇군요."

이 회장이 앞장을 서자 랴미자르드 랴쿠두 국방장관 내외는 물론 실무자, 그리고 SAI 간부들이 줄줄이 뒤를 따라 밖으로 나갔다.

그리고 이들이 곧 관람석에 모두 좌정하자 거대한 활주로 끝에서 두 대의 전투기가 서서히 움직이기 시작했다. 곧 횡으

로 그어진 주황 선 앞에 멈추어 선 전투기에서 두 명의 조종
사가 내리더니 거수경례를 했다.

이에 랴미자르드 랴쿠두 국방장관과 이 회장이 거수경례
로 인사를 받자 둘은 다시 전투기에 탑승했다. 그리고 전방
150M 지점에서 붉은 깃발이 일제히 올라가는 것을 시작으로
날렵한 형상의 K—35 전투기가 서서히 움직이는 것 같더니 점
차 가속을 붙여 빠른 속도로 미끄러지기 시작했다.

그리고 일정 거리를 달리다 두 전투기는 동시에 지상을 박
차고 하늘을 날아올랐다. 한참 후에는 펑 하는 폭음과 함께
음속을 돌파했는지 소리만 들리고 전투기는 볼 수 없는 상태
가 지속되었다.

그러나 그것도 잠깐, 다시 비행장 상공에 나타난 전투기는
그 날렵한 자태를 뽐내며 한동안 선회 비행을 했다. 이를 보
고 있던 랴쿠두 국방장관이 이 회장에게 물었다.

"F—35와 성능은 대동소이하다면서 가격은 60% 대라는 것
이 나는 도저히 이해가 되지 않소. 이에 대해 납득할 만한 설
명을 해주실 수 있겠소?"

"우리가 이 기체를 개발할 때는 이미 F—22는 이미 배치가
시작된 상태였고, F—35 또한 대부분의 정보가 공개된 상태
에서 설계 및 개발에 착수했습니다. 따라서 이를 모델로 했으
니 개발비가 거의 들지 않았습니다. 이에 비해 두 전투기는 천

문학적인 개발 비용 및 시행착오 과정의 비용이 모두 전투기 가격에 반영될 수밖에 없었습니다. 이는 마치 똑같은 성능의 제품이지만, 하나는 TV 광고를 하느라 그 광고비가 그 제품에 반영된 것과 아닌 것의 차이만큼이나 가격 차가 발생한 것이죠. 이 외에도 대부분의 부품이 한국에서 생산되어 미국보다 1/2 이상의 저렴한 인건비 또한 무시할 수 없는 한 요인입니다. 또한 이유를 들자면 A, B, C의 부품 공유화가 F−35의 80%보다 더 진전된 85%를 이루어 가격을 낮추는 데 일조한 것도 사실입니다."

그제야 고개를 끄덕이는 랴쿠두 국방장관을 보고 이 회장이 말했다.

"기왕 어려운 걸음을 하셨으니 옥포조선소에도 가서서 귀국이 발주한 잠수함의 건조 상황을 한번 보시는 것은 어떻겠습니까?"

"아니래도 청하고 싶었소."

"그럼 바로 출발하실까요?"

"벌써 준비가 되었습니까?"

"네."

곧 두 사람 및 여타 수행원들이 모습을 드러낸 두 대의 헬기를 향해 걸어갔다.

이 회장이 전투기에 대해서는 더 이상 판매에 애를 쓰지 않고 바로 옥포조선소로 향한 이유는 이런 사안이 하루아침에 결정될 리는 만무하기 때문에 2011년도에 이 나라가 발주한 세 척의 잠수함 건조 상태를 보여주기 위함이었다.

참고로 계약 당시 수주 금액은 11억 달러(한화 1조 3천억 원)에 달해 국내 방산 수출 역사상 최대 규모였다.

*　　　　*　　　　*

약 20분의 비행 끝에 두 대의 헬기가 헬기장에 착륙하자 그곳에는 미리 연락을 받은 박동호 조선사장과 중역들 외에도 한 사람이 더 있었다. 이곳을 깜짝 방문한 김태호 그룹 총수였다.

이에 이진욱 박사는 헬기에서 내리자마자 랴쿠두 국방장관 내외 쪽으로 빠르게 걸어가 말했다.

"김태호 그룹 회장님께서도 장관님을 환영하기 위해 저기 나와 계십니다."

"아, 그래요? 세계적인 명사를 이곳에서 보게 되어 영광입니다."

"겸손의 말씀."

대화를 하며 걷던 두 사람이 김 회장 앞 10m까지 전진하자 태호가 빠른 걸음으로 이들에게 접근했다. 그리고 양인이 조

우하자 김 회장이 활달한 태도로 손을 내밀며 말했다.

"내외분께서 아국에 오신 것을 진심으로 환영하는 바입니다."

"초청해 주셔서 감사합니다."

곧 태호는 부인에게도 인사를 건네고 앞장서서 안내하기 시작했다.

"가실까요?"

"그러지요."

일행은 대기하고 있던 승용차에 올라 두 척의 잠수함이 건조되는 공장 동으로 향했다.

곧 건물 6층 높이의 대형 건물 안으로 들어서니 외관이 완성된 두 척의 잠수함이 보였다.

첫 번째 잠수함은 8월 초 인도될 예정이고, 2번 함은 연내 인도를 목표로 있기 때문에 벌써 외형 건조는 모두 끝난 상태였다.

참고로 3번 함은 옥포조선소에서 블록 형태로 건조된 후 삼원조선해양의 기술 지원 아래 인도네시아 국영 조선소인 PT.PAL 조선소에서 최종 조립해 2018년까지 인도될 예정이다.

또 한국 첫 수출형 잠수함인 나가파사함은 40명의 승조원을 태운 채 중간 기항 없이 1만 해리(1만 8,520㎞)를 왕복 운항

할 수 있으며, 8개의 발사관과 최신 무기 체계를 갖출 예정이다.

인도네시아 해군은 나가파사함에 이탈리아 WASS사가 개발한 '블랙샤크' 중어뢰를 탑재해 내년부터 실전 배치 할 계획이라 한다.

아무튼 외형이 완성된 모습을 본 랴쿠두 국방장관은 감회가 깊은지 한동안 잠수함만 바라보고 있었다. 그러나 그것도 잠시, 그는 곧 조립 상황을 꼼꼼히 살피며 한동안 관계자들에게 질문을 퍼부었다.

이에 관계자들이 성실히 답변하자 만족한 표정을 짓는 그를 향해 태호가 말했다.

"우리가 건조 중에 있는 3천 톤급 원자력 잠수함도 한번 보시겠습니까?"

"정말 보여주실 수 있습니까?"

기대 이상이었는지 반색하는 그를 보고 태호가 말했다.

"우리나라 남쪽 지방 말로 '우리가 남이가?'라는 말이 있습니다."

"하하하! 맞죠, 맞아! 우리가 근래 다각도로 군수 분야의 협력을 증진해 왔으니 그 말도 틀린 말이 아닙니다."

기분이 좋은지 계속 껄껄거리던 그는 동시에 건조되는 3천 톤급 핵 잠수함 여섯 척의 건조 상황을 보고는 매우 부러워하며 말했다.

"우리는 언제 이런 핵 잠수함을 보유할 수 있을지 매우 부럽습니다."

"곧 그런 날이 오겠지요."

태호의 위로에도 쉽게 풀리지 않는 표정의 그를 보고 태호 또한 안타까운 표정을 지었다.

이런 모습이 그의 마음을 움직였는지, 아니면 한국의 건조 능력에 놀랐는지 그가 말했다.

"곧 우리 해군은 209급 잠수함 '차크라함'의 창정비 사업을 발주할 예정인데, 삼원조선해양도 참가해 주시죠."

"물론입니다."

여기서 랴미자르드 랴쿠두 국방장관이 말한 창정비란 기존에 운영 중이던 잠수함을 통째로 분해해 내부 부품을 새롭게 교체하는 개조 공사이다. 성능을 향상시키는 개조 공사여서 처음부터 새롭게 건조하는 건조 작업보다도 높은 기술력이 필요하다.

결과론적으로 8월 말 삼원조선해양은 인도네시아 해군으로부터 209급 잠수함 '차크라함'의 창정비 사업을 인도네시아 최대 조선소인 PT.PAL사와 함께 수주했다. 이번 사업은 계약 금액만 약 300억 원에 달한다.

아무튼 이렇게 시찰을 마친 랴미자르드 랴쿠두 국방장관

일행과 김태호 회장 일행은 다시 헬기를 타고 서울로 올라갔고, 이날 저녁에는 김태호 회장의 주재 아래 성대한 만찬이 베풀어졌다.

그리고 다음 날 인도네시아 국방장관은 황교안 국무총리를 예방하고 환담을 나누는 것을 끝으로 한국에서의 모든 일정을 마치고 귀국했다.

이 과정에서 한 가지 아쉬운 점이 있다면 대통령도 그를 청와대로 초청해 측면 지원을 해주는 것이 바람직하나, 지금은 10일 선고된 탄핵 인용으로 인해 그 자리가 궐위 상태라 그럴 수 없는 것이 태호로서는 매우 안타깝게 생각되었다.

*   *   *

2017년 5월 10일 정오.

국회의사당 내부 로텐더홀에서 500여 명의 인사가 참석한 가운데 대통령 취임식이 약 20여 분간 거행되었다.

바로 전날 5월 9일 치러진 대한민국 제19대 대통령 선거가 박근혜 대통령의 탄핵으로 인한 조기 선거였기 때문에 선거에서 당선된 문재인 후보는 대통령 인수위원회 없이 바로 대통령직에 오르게 되었고, 바로 다음 날 취임식을 하게 된 것이다.

아무튼 이날 다른 재계 총수들은 이런저런 이유로 불참했지만 재계에서 유일하게 태호만 참석하고 있었다. 박근혜 정부와 얽힌 일이 전혀 없기 때문에 당당할 수 있었던 것이다.

이날 문 대통령의 취임식은 취임 선서 위주의 약식 행사로 진행되었으며, 세부적으로는 국민의례와 취임 선서, 국민께 드리는 말씀 발표로만 구성되었다. 문재인 대통령은 취임사를 통해 이전까지와는 다른 대통령의 모습을 약속했다.

'대통령부터 새로워지겠다'는 말로 대선 후보 시절 주요 공약 중 하나이던 '광화문 시대 대통령'을 천명, 청와대를 나와 광화문 정부종합청사에서 집무하면서 국민들과 소통할 것임을 확인했다. 이어 권위적 대통령 문화를 청산하고 국민과 수시로 소통하는 대통령이자 깨끗한 대통령, 약속을 지키는 솔직한 대통령, 따뜻하고 친구 같은 대통령이 되겠다고 약속했다. 또한 문 대통령은 '분열과 갈등의 정치를 바꾸겠다'고 강조하며, '야당은 국정 운영의 동반자'라며 '대화를 정례화하고 수시로 만나겠다'고 밝혔다.

그로부터 5일이 지난 5월 15일 저녁.

태호는 청와대의 초청으로 상춘재에서 문 대통령과 만났다. 만찬을 함께한 이 자리에서 문 대통령이 말했다.

"신정부는 트럼프 대통령과의 정상회담을 우선적으로 추진하려 합니다. 그러나 신정부에서는 그들과 선이 닿는 인사가 없어 매우 어려움을 겪고 있습니다. 김 회장께서 이 부분을 도와주시면 감사하겠습니다."

노무현 정부 시절 그가 비서실장일 때부터 많은 접촉이 있던 관계로 문재인 대통령과는 전부터 알고 있던 태호였기 때문에 서슴없이 그에게 약속할 수 있었다.

"알겠습니다. 양 정부 간의 소통이 원활하도록 측면 지원하겠습니다. 그 대신 대통령님께서도 우리의 방산 산업이 세계로 뻗어나갈 수 있도록 지원해 주시면 감사하겠습니다. 예를 든다면 미국의 훈련기 사업에 우리가 개발한 T—50이 지정될 수 있도록 한다든지, 인도네시아와 교섭이 오가고 있는 K—35 전투기를 우리가 판매할 수 있도록 지원해 주시면 매우 감사하겠습니다."

"그런 문제는 일개 그룹의 사업 영역을 뛰어넘는 행위로 당연히 저도 힘이 될 수 있도록 최대한 옆에서 돕겠습니다."

"감사합니다, 대통령님."

이렇게 모두 승자가 되기 위해 자신의 요구 사항을 말하고 서로 돕기로 한 자리이므로 의당 화기애애한 분위기가 연출되었고, 끝까지 그런 분위기 속에 두 사람의 만찬 회동은 끝이 났다.

이날 밤.

미국 시간대를 고려하여 태호는 바로 이날 트럼프에게 전화를 걸어 그와 통화를 하고 한미 정상회담이 조기에 이루어질 수 있도록 측면 지원을 했다.

그 결과 6월 30일 조기 정상회담이 확정되었고, 태호는 이 정상회담에 한국 재계를 대표해 문 대통령의 수행 명단에 포함되었다. 그러나 태호는 대통령 일행과 함께 움직이지 않고 먼저 자신의 비행기를 이용해 미국으로 날아갔다.

제3장
방산 산업의 신흥 강자 Ⅱ

태호가 미국으로 날아간 날짜는 한국 시간으로 6월 24일이었다. 그러니까 정상회담 6일 전에 일찌감치 태호가 미국으로 날아간 이유는 트럼프와의 연락을 통해 사전 약속이 잡혀 있었기 때문이다.

세계 정상급 인사들 중에서는 유일하게 트럼프 대통령과 수시로 통화할 수 있고 만날 수 있는 태호는 하루 전 뉴욕에 도착해 그 이튿날에는 맨해튼에서 한 시간 거리에 있는 트럼프의 소유인 뉴저지 주 베드민스터 골프클럽에서 10시 정각에 전격적으로 골프 회동을 했다.

도널드 트럼프는 유명한 골프광이다. 심지어 11년 전에는 골프 교습서를 출간하기도 했다.

트럼프는 부동산 재벌답게 미국과 유럽에 최고급 골프장 18개(2018년 준공 예정 두 곳 포함)를 소유하고 있었다.

트럼프의 골프장 매입에는 정해진 공식이 있었다. 2008년 금융 위기 당시 많은 골프장이 자금 조달에 어려움을 겪고 여기에 골프 경기 하강세까지 겹치자 헐값에 골프장 매물이 나오기 시작했다.

트럼프는 이때 골프장 헐값 매입에 집중했다. 파산했거나 고전 중인 골프장을 매입해 고급스럽게 리모델링을 하여 가치를 높이는 방식이었다.

캘리포니아 주 란초 팔로버디스의 트럼프내셔널GC 로스앤젤레스, 뉴저지 주 남서쪽의 트럼프내셔널GC 필라델피아, 그리고 가장 최근으로는 마이애미의 도럴골프리조트&스파 등이 그런 사례이다.

그럼 골프광 트럼프의 골프 실력은 얼마나 될까? 미국 골프 전문 매체 골프 다이제스트 1월호는 트럼프 대통령의 골프 실력이 최근 100년간 미국 대통령 중 가장 뛰어나다고 평가했다.

핸디캡 2.8 정도에 드라이버샷 비거리가 280야드(약 257m)를 넘기는 것으로 알려진 트럼프 대통령은 지난 2016년 12월 31일 미국 플로리다 주 자신 소유의 골프장에서 75타를 쳐 실력을 뽐냈으며, 클럽 주최 대회에서 우승한 경력만 19회나 되는 것으로 알려지기도 했다.

그럼 함께 라운딩에 돌입한 태호의 골프 실력은 또 얼마나 될까? 그 역시 트럼프와 비슷한 실력이라고 할 수 있는 핸디캡 2.7 정도이다. 이 정도면 골프 선수가 아닌 사람치고는 상당한 고수인데, 태호가 이런 실력을 쌓게 된 데는 필연적으로 그만한 노력이 있었기 때문이다.

대개 한 분야에 일정한 경지에 오른 사람이 타 분야에도 일정 경지에 오르는 것을 자주 볼 수 있을 것이다. 이런 사람들은 한 분야에 빠지면 그 분야에 집중적인 노력을 가해 일정 경지에 이르기 전까지는 손을 떼지 않는다.

태호 역시 같은 케이스로 사업상 자주 골프 회동 제의가 들어오자 골프에 입문하기 시작해 현재의 실력에 이르기까지는 한때 골프에 빠져 산 적도 있었다. 그러나 태호는 사업상의 필요가 아니면 골프를 자제했고, 지금도 역시 그 자세를 유지해 오고 있었다. 아무튼 두 사람이 8홀 정도 돌자 태호는 트럼프의 실력을 확실히 알 수 있었다. 그의 핸디캡 2.8은 진짜가 아닌 조금은 부풀린 것이 아닌가 하는 의심이 들기 시작한 것이다.

솔직히 태호가 자신의 진짜 실력을 발휘하면 상당한 격차로 이기지 않을까 할 정도로 그는 많은 보기를 범했다. 그러자 태호의 머릿속에 불현듯 트럼프 대통령과 함께 필드에 나갔던 가수 앨리스 쿠퍼의 말이 떠올랐다.

"트럼프는 자신이 본 최악의 속임수 골퍼다."

이 외에도 지난해 9월 미국 〈워싱턴포스트〉가 '도널드 트럼프는 골프에서 속임수를 쓰는가?'라는 제목으로 트럼프와 함께 골프를 친 사람들을 취재해 쓴 기사의 시작 부분에 이런 글이 있다.

1990년대 어느 날 아침, 미국 롱아일랜드 가든시티 골프클럽에서 당시 미국 스포츠잡지 〈스포츠일러스트레이티드〉에 디터인 마크 멀보이는 부동산 재벌인 도널드 트럼프(Donald Trump)와 골프를 치고 있었다. 6번 홀을 돌다 갑자기 폭풍우 경보가 내려 잠시 쉬었다가 그린으로 가보니 라운드 중에 보지 못하던 공이 하나 있었다. 공은 홀 3m 거리에 붙어 있었다. 멀보이가 '이건 누구 공이지?'라고 하자 트럼프가 '내 거야'라고 했다.

멀보이는 '도널드, 아까 러프에 있었는데 공이 그린에 있을 리가 없지'라고 하자, 도널드는 '아, 나는 늘 속임수를 쓰는 사람들하고 치니 그들과 보조를 맞추려면 나도 속임수를 쓸 수밖에 없거든'이라고 응수했다. 트럼프가 남 몰래 슬쩍 공을 놓아두는 속칭 '알까기'를 했다는 증언이다.

트럼프는 이런 사실이 있었느냐는 확인 요청에 '나는 그가 누구인지도 모른다'고 전면 부인 했다. 또 최근에도 트럼프가 라운드 중 각종 속임수를 쓴다는 증언이 나왔다.

복싱 6체급 세계 타이틀을 석권한 복싱 영웅 오스카 델라 호야(Oscar de la Hoya)의 말에 따르면 트럼프는 첫 번째 홀에서 멀리건을 세 차례 받았고, 네 번째 샷도 잘못 나가자 페어웨이에 부리나케 먼저 가서 '알까기'를 했다고 말한 바 있다. 물론 이 역시 트럼프는 부인했지만.

아무튼 그런 그를 상대로 태호는 오히려 그의 실력에 못 미치는 실력을 보이며 그의 기분을 맞춰주었다. 그러자 전에도 몇 번 골프를 친 적이 있는 그가 가가대소하며 말했다.

"김 회장님, 어째 실력이 준 것 같소?"

"내 실력이 준 것이 아니라 그쪽 실력이 는 것이겠죠."

"하하하! 그럴지도 모릅니다. 요즈음도 자주 필드에 나가니까요. 그런데 김 회장이 날 보자고 한 이유는 단지 라운딩만 하기 위해서는 아닐 것 같은데?"

"5일 후면 한국 대통령과 정상회담이 예정되어 있질 않소?"

"그렇지요."

"그 자리에서 언급될 이야기지만 미리 부탁을 드리기 위해서입니다."

"무슨 내용인지 말씀해 보세요."

"전에도 말한 바와 같이 이제 한국도 핵 잠수함을 가질 때가 되었다고 보오. 물론 상업용인 20% 농축우라늄을 사용하는 원자력잠수함을 말하는 것이오. 또 노스롭그루먼과 이스라엘의 IAI, 그리고 한국의 삼원항공우주산업이 합작으로 공동 개발 한 K—35도 120대 정도 가지려 하오."

"그럼 우리가 판매하기로 한 F—35 전투기는 어떻게 되는 것이오?"

"그건 예정대로 40대를 구매할 계획이오. 아니, 20대를 추가 구매할 의사도 있소. 그 대신 미국 고등 훈련기 사업에 록히드마틴과 삼원항공우주산업의 합작품인 T—50을 구매해 줬으면 좋겠소."

"하하하! 그러면 그렇지. 나만큼이나 영악한 김 회장께서 어쩐 일로 20대를 더 구매한다고 하나 했지. 하하하!"

그의 웃음에도 태호가 굳은 표정으로 말이 없자 그가 또다시 말했다.

"핵 잠수함 문제는 긍정적으로 검토해 보라고 지시를 내린 바 있으니 아마 좋은 결과가 도출되지 않을까 생각하고 있소. 또 K—35는 한국에서 돈 들여 구매한다는데 내가 관여할 사항이 아닌 것 같고……."

"한국 정부에서 돈 들여 구매하는 것이 아니라 내가 자비로 구매해 나라에 헌납하는 것이오."

"네? 무슨 그런 경우가 있소?"

"지금까지 사업을 하면서 나라의 은혜를 많이 입은 사람이오. 나라가 위난에 처했으니 이제는 갚을 때가 아닌가 하오."

"우리의 방위 공약이 확고한데 너무 손해 보는 짓을 하는 것이 아닌지 모르겠소."

"우리 말에 한 치 건너 두 치라는 말이 있소. 자국 안보는 남의 나라가 아닌 자국이 먼저 신경 써야지 상대도 더욱 도울 맛이 나지 않겠소."

"참으로 사업가로서는 이해하기 힘든 결정이나 김 회장님께서 그렇게 결정하셨다니 나로서는 더 드릴 말이 없군요."

"친구야 멀리 떨어져 있으니 체감도가 떨어질 것이오. 그러나 핵을 직접 머리에 이고 사는 우리로서는 죽느냐 사느냐 하는 절박한 문제란 말이오."

"그도 그렇겠습니다."

"따라서 이번 기회에 미사일 지침도 개정해 탄두 중량 제한 부분은 아예 없애고 사거리도 최소 1,500㎞로 늘려 북경을 사정권에 두는 것이 어떻겠소?"

"탄두 중량 문제는 북한의 지하 시설을 파괴하려면 회장님의 말씀대로 없애는 것이 좋으나, 사거리 문제는 중국과도 관련이 있어 이 자리에서 답하기 곤란하군요."

서울~북경 간의 직선거리는 936㎞이다. 그래서 지금의 사거리 800㎞ 가지고는 북경을 사정권에 두기 어렵다. 그래서 요즈음 중국이 조금 발전했다고 대국 운운하며 우리에게 압력을 가하는 것을 보고 태호는 그들에게 한 방 먹일 수 있는 사거리 문제도 제안하고 나선 것이다.

아무튼 그의 대답에 절반은 성공했다고 판단한 태호는 다음 문제를 거론했다.

"주한 미군이나 한국에 거주하는 모든 미국인을 위해서도 우리는 미국, 이스라엘, 한국이 공동 개발 한 이스라엘의 미사일 방어 체제를 도입하기로 했소. 이 문제에 대해서는 이의 없으시죠?"

"그야 그렇죠. 자국의 안보를 강화하고 더구나 미군이나 한국 거주 미국인까지 보호하기 위해 한국이 돈을 들여 배치한다는 데 우리가 반대할 이유가 없죠."

"그 또한 내 개인적으로 한국에 각각 10포대씩 배치하려는 것이오."

"참으로 나로서는 이해할 수 없는 발상이나 김 회장님의 애국심만은 존경스럽군요. 혹시 정치에 뜻을 두고……."

"절대 그런 것 아니오. 우리 그룹의 사훈 중 산업보국(産業保國)이라는 항목이 있소. 나라가 정말 위경에 처한 이때가 이를 실천할 때가 아닌가 하여 실천하려는 것뿐이오."

"참으로 존경스러운 기업인입니다, 회장님은. 그런데 한 가지 회장님께 양해를 구해야 할 일이 있습니다."

그가 정중하게 나오자 태호도 정중하게 대답했다.

"말씀해 보시죠."

"한미 FTA를 좀 개정해야겠습니다. 철강이나 자동차 부분에서 우리가 많은 손해를 보고 있기 때문입니다."

"그 대신 지적 소유권이나 농산물 분야에서는 미국이 많은 수혜를 입고 있질 않습니까?"

"솔직히 내 표의 기반이 백인 노동자들이고, 그들 중에는 자동차 업계에 종사하는 사람이 많아 최소한 흉내라도 내야 합니다."

"이해합니다. 그러나 분명한 하나의 원칙이 있다면 서로 수혜를 입는 이 협상이 절대로 폐기되어서는 안 될 것입니다."

"미안하지만 나는 폐기할 생각까지 갖고 있습니다."

"뭐요?"

태호가 발끈하자 트럼프가 미소를 띠고 말했다.

"그래야 한국 측으로부터 더 많은 양보를 얻어낼 수 있지 않겠습니까?"

"일국의 대통령이 되고서도 사업가의 본질은 여전하군요."

"그 본색이 어디 가겠습니까? 하하하! 그러나저러나 오늘은 내기 이긴 것으로 하고 라운딩은 그만하기로 합시다."

"왜요?"

"어제도 골프 회동을 했더니 좀 피곤하군요."

"확실히 각하는 골프광이십니다."

각하라는 경칭에 우쭐한 트럼프가 히죽 웃으며 말했다.

"그건 부인하지 않겠습니다. 대신 오찬을 대접하고 싶습니다."

"감사히 응하겠습니다."

이렇게 트럼프와 성공적인 회동을 끝낸 태호는 문 대통령이 미국으로 들어올 때까지 미국 전역에 산재한 휘하 그룹을 시찰하고 다녔다. 그리고 입국한 29일 문 대통령은 비밀 일정을 소화했다.

즉, 사전 약속에 의해 그는 뉴욕 크라이슬러빌딩 회장 집무실에서 태호와 만난 것이다. 이 자리에서 태호는 트럼프와 사전에 나눈 이야기를 전하며 자신이 거론한 문제에 대해 한 번 더 확실한 대답을 얻어냈으면 좋겠다는 조언을 했다.

이에 활짝 갠 표정의 문 대통령이 서슴없이 동의하는 것으로 둘의 회동은 끝났다. 그리고 태호는 하루를 더 미국에서 체류하고 문 대통령보다 먼저 미국을 떠났다.

그런 까닭에 문 대통령의 답을 들은 것은 태호가 도착한 인도네시아에서였다. 그의 첫마디는 이러했다.

─회장님 덕분에 대단히 성공적인 회담이 되었습니다. 물론 기밀 사항으로 일절 외부로는 발표가 되지 않을 것입니다만,

우선 첫째…….

회담 내용을 설명하려는 문 대통령의 말에 깜짝 놀란 태호가 말했다.

"보안상의 이유입니다만, 귀국해서 듣고 싶습니다."

―아, 그렇지요. 역시 회장님은 노회한 기업가답습니다.

"한국에서 뵙겠습니다."

―그러시죠.

태호는 문 대통령과의 통화가 끝나자 곧바로 인도네시아 대통령궁을 향해 움직이기 시작했다.

머지않아 인도네시아 대통령궁에 도착한 태호 일행은 현관까지 마중 나온 조코 위도도(Joko Widodo) 대통령의 따뜻한 영접을 받으며 오찬장으로 향했다. 곧 장방형 테이블에 이날의 참석자들이 자리를 잡기 시작했다.

인도네시아 측에서는 조코 위도도 대통령 외에 랴미자르드 랴쿠두 국방장관, 아구스 수프리아트나 공군참모총장, 아데 수판디 해군참모총장, 우마르 하디 주한 대사 및 루훗 비서실장이 자리를 잡고 있었고, 한국 측에서는 태호를 필두로 이진욱 SAI 회장과 김병수 비서실장, 그리고 자카르타 지사장 강태용이 자리를 함께하고 있었다.

"우리가 김 회장님을 금번에 초청한 이유는 우리나라 차기 전투기 개발 사업의 결론이 났기 때문입니다. 즉, 우리는 귀그룹의 K−35 전투기 60대를 5년에 걸쳐 도입하기로 했습니다. 그런데 문제는 우리가 좀 급합니다."

"어떻게 해주시길 원하는지요?"

"가격이야 이미 실무 선에서 절충이 끝났으니 더 이상 거론하지 않겠지만, 최단 납기를 적용해 주었으면 고맙겠습니다."

"네? 그건 너무 비현실적인 것 같습니다. 군함이나 전투기 같은 경우 계약 후 통상 5년 후에 납품하는 것이 상례인데, 최단 납기라면 혹시 장갑차 등과 같은 한 달 후 납품을 원하시는 것입니까?"

"그렇습니다."

"흐흠!"

태호가 이마를 찌푸린 채 깊은 생각에 잠기자 조코 위도도 태통령이 일단의 심경을 내비쳤다.

"이제는 중국의 횡포를 더 이상 두고 볼 수 없기 때문입니다."

"네?"

태호가 이해를 못 하자 루홋 비서실장이 보충 설명을 했다.

"우리 국민의 여론이 점차 보수화되고 있습니다. 그런데도 중국 측은 우리의 영해인 '북나투나해(North Natuna Sea)'에서 계속 불법 조업을 행하고 있으니 국민 여론에 지대한 영향을 미쳐 지난 4월 있었던 자카르타 주지사 선거에서 아혹 당시 자카르타 주지사가 재선에 패배하는 등, 집권당으로 더 이상 두고 볼 수만은 없게 되었기 때문입니다."

루훗이 말한 북나투나 해역은 그동안 중국이 이른바 '남해 9단선(南海九段線)'이라 부르며 영유권을 주장해 온 곳이다. 이 나투나제도는 어획량이 많고 원유와 천연가스 매장량도 풍부한 곳으로 알려져 인도네시아가 배타적경제수역(EEZ)으로 선포한 지역이다.

그러나 중국 어선들이 수시로 출몰해 조업하면서 인도네시아와 중국이 신경전을 벌여왔다. 지난해에는 인도네시아 해군이 중국 어선을 나포하는 과정에서 위협사격을 가한 것을 포함해 세 차례 물리적 충돌을 빚었다.

그럼에도 불구하고 그동안 동남아시아 각국과 중국의 남중국해 영역 분쟁에도 조용히 지내던 인도네시아가 적극적으로 대 중국 견제에 나설 의향을 피력한 것은 향후 남중국해 분쟁의 흐름에 중대한 변수가 될 것이다.

이는 인도네시아가 인구가 2억 6,000만 명의 인구 대국인 데다 국내총생산(GDP)은 올해 국제통화기금(IMF) 기준 1조 205억 달러로 세계 15위에 이르는 대국이기 때문이다.

여기에 또 하나의 변수는 인도네시아의 분쟁 참전에 따른 싱가포르의 노선 변화 가능성이다. 싱가포르는 그동안 직접 개입할 일은 없었지만 중국이 주장하는 남해9단선이 싱가포르의 영해 일대까지 내려와 중국 어선들이 불법 조업에 나서고 있어 사실상 분쟁 당사국 중 하나가 됐다.

싱가포르에는 미군도 주둔해 있고 호주와 군사동맹을 체결하고 있으며 대만과도 외교적으로 가까운 데다 싱가포르 자체 해군력도 강한 편이다. 말레이시아에 이어 인도네시아까지 뛰어들면서 싱가포르 역시 이 흐름에 올라탄다면 남해9단선 사수를 외치는 중국의 해양굴기에도 상당한 영향을 끼칠 것으로 예상된다.

이 모든 사항을 머리 회전으로 순식간에 판단한 태호가 말했다.

"지금 이 자리에서 확답할 수는 없지만 최대한 노력해 보겠습니다. 지금 K-35의 양산형 전투기가 공급되고 있는 곳은 이스라엘인데, 이스라엘의 무장 상태를 보면 여유가 있는 편입니다. 따라서 이스라엘 측의 동의를 얻어 그렇게 하는 방향으로 해보겠다는 것입니다."

"고맙습니다. 그런데 또 하나의 요구 사항이 있다면 지금까지 실무선의 절충으로는 30대 납품 후 우리나라에서 조립, 생산을 하게 되어 있는데 이를 좀 더 많이 아국에 할애해 주었으면 좋겠습니다. 여기서 한 걸음 더 욕심을 낸다면 기술 이전도 좀 더 대폭적으로 해주신다면 우리의 신뢰는 더욱 굳건해질 것이고, 아국은 한국을 최우선 방위 산업 협력 국가로 생각해 앞으로의 물량 발주도 최우선으로 고려해 보겠습니다."

주지하다시피 인도네시아는 원 역사에서도 한국의 자체 전투기 개발 사업에 20%의 지분을 투자해 60대를 구매할 예정이었다. 그런 그들이기에 기술 축적에 대한 욕구는 강렬한 바가 있어 엔진 제작 및 스텔스 기술이나 능동 전자 주사식 위상 배열 레이더 같은 최첨단 기술이 아니면 모두 공여해 주기로 했는데, 여기서 더한 요구를 한다는 것은 무리가 있다고 생각한 태호가 말했다.

"기술 이전 문제는 우리뿐만 아니라 미국 및 이스라엘의 양해도 얻어야 하므로 한계가 있습니다. 그렇지만 인도네시아 내에서의 조립 대수는 우리가 좀 더 양보해 36대까지는 허용하도록 하겠습니다."

"좋습니다. 자, 중요한 문제는 이제 다 거론된 것 같으니 편하게 식사를 하며 소소한 문제를 협의하기로 합시다."

"감사합니다."

이렇게 한동안 진행된 오찬 회동이 끝나자 정식으로 계약서에 인도네시아 측을 대표해 랴미자르드 랴쿠두 국방장관이 사인을 했고, 삼원그룹 측에서는 이 회장이 대표로 사인을 했다.

그 주요 계약 내용을 살펴보면 K—35의 대당 가격은 5,500만 달러로 처음의 6천만 달러에서 대당 500만 달러가 깎여 있었다. 그리고 또 하나 중요한 납기는 애초 2023년부터 연간 12대씩 5년에 걸쳐 60대를 납품하기로 되어 있었으나 최대한 이를 앞당긴다는 조항이 첨가되어 있었다.

더하여 36대가 인도네시아 내에서 조립, 생산한다는 구절도 명시되어 있었다. 그 외 기술 이전 사항도 명문화되어 있었으나 이는 대외비로 외부에 발표하지 않기로 합의했다.

이렇게 성공리에 K—35 전투기 납품 사업권을 때낸 태호는 곧 네타냐후 이스라엘 수상에게 전화를 걸어 사정을 설명하고 이스라엘의 무장을 2년간 유예하되 최대한 많은 물량을 생산해 두 나라는 물론 타국에 수출하기로 합의를 보았다.

*　　　　*　　　　*

2017년 7월 10일.

4박 5일 일정으로 독일 함부르크에서 열린 G20 정상회담에 참석한 문 대통령은 이 일정이 끝나자마자 다음 순방국인 터키로 향했다.

7월 9일 먼저 이곳에 와 기다리고 있던 태호 역시 문 대통령이 도착하자 그와 함께 터키 수도 앙카라 외곽에 위치한 새로 지은 대통령궁으로 향했다. 머지않아 그곳에 도착한 일행은 대통령궁의 규모와 화려함에 모두 입이 쩍 벌어졌다.

끝이 보이지 않는 정원, 화려한 돌기둥 위에 세워진 2014년 완공된 터키의 새 대통령궁은 6천 600억 원이 넘는 건축비를 쏟아부어 20만 평방미터에 1천 개가 넘는 방이 축조되어 있었고, 지하에는 벙커와 비밀 통로, 사이버 공격에 대비한 첨단 시설이 갖춰져 있다고 했다.

백악관보다 50배 이상 넓은 이 대통령궁에 대해 미국의 한 신문은 '백악관과 크레믈린궁은 여기에 비하면 옥외 화장실에 지나지 않다'고 비꼬았고, 터키 내에서는 오스만제국의 황제인 술탄의 궁전보다 더하다는 비난이 들끓고 있다고 한다.

이 새 궁전의 주인은 10년이 넘게 총리로 터키를 지배하다 지난 8월 첫 직선제 대통령으로 당선된 레제프 타이이프 에르도안(Recep Tayyip Erdogan). 그의 영접을 받으며 대통령 집무실로 들어가 두 사람이 단독 정상회담을 진행하는 동안, 태호는 피크리 이시크 터키 국방부장관과 환담을 나누고 있었다.

"T—129에 이어 금번에 또 K—35 100대를 구입해 주셔서 다시 한번 진심으로 감사드립니다."

"우리도 F—35 대신 K—35를 구매하는 바람에 모든 면에서 이익을 보았으니 서로 좋은 일 아니겠습니까?"

"하하하! 앞으로도 여러 면에서 서로 손잡고 협력을 강화해 나갈 수 있길 기대합니다."

"물론 그래야지요."

이렇게 두 사람이 화기애애한 분위기를 연출할 수 있는 것은 오래전부터 터키와 삼원그룹이 인연을 맺어오고 있었기 때문이다.

그 일례가 태호가 거론한 T—129 공격 헬기 납품이다. 이는 터키 육군을 위해서 개발된 공격용 헬리콥터로서, 원형 기종은 삼원의 합작사인 이탈리아의 아구스타(Agusta) A129 망구스타(Mangusta) 기종이고, T—129의 개발 책임은 터키우주산업(TAI)이었다.

2007년 3월, 터키는 아구스타 A129 망구스타를 기반으로 51대의 공격 헬리콥터를 공동으로 생산하기 위한 협상을 시작한다고 발표했다. 2007년 9월 터키우주산업에서 T—129의 명칭으로 조립, 생산하기로 서명했다.

2008년 6월 22일 TAI와 아구스타—삼원 사이에 협정이 이루어졌다. T—129는 100% 터키 제작 플랫폼의 사용을 확인하고 협의 하에 자국 임무 컴퓨터, 항공전자, 무장 시스템, 자체 보호용 슈트와 헬멧 장착 사이트 등을 개발할 수 있도록 하였다.

또한 터키는 T—129 플랫폼에 관한 마케팅 전권과 지적 재산권을 갖고 이탈리아와 영국 및 한국을 제외한 제3국에 플랫폼을 수출할 수 있도록 협의하였다.

T—129는 헬파이어와 유사한 자체 개발한 대전차 미사일을

탑재할 수 있고, 20㎜ 기관포와 70㎜ 로켓 포드, 스팅거 공대공 미사일 포드, 그리고 스터브 날개 파일론에 기관총 포드가 장착되어 있다.

이외에도 첨단 레이더(MILDAR)를 개발하여 2012년 2월 성공적으로 장착 완료 되었다. T—129는 총 51대를 생산하여 시스템 개발을 위한 1대를 제외하고 나머지 50대가 터키 육군에 인도되었고, 2010년 11월 추가적으로 9대를 더 주문하여 총 60대가 생산되어 인도된 상태였다.

이 외에도 터키와는 2011년 10월 방한한 니하트 퀵맨 터키 국방차관과 터키 방위 사업청 고위관계자들이 김관진 국방장관과 노대래 방위 사업청장 등을 만나 KFX 사업에 참여하는 방안을 검토한 바 있으나 성사되지는 않았다.

터키는 한국 40%, 터키 40%, 인도네시아 20%의 지분을 제안했었다.

그러나 이 안이 지금은 백지화되었으니 필요 없는 사항이 되었지만, 이런 인연이 이어져 금번에 그들은 K—35 100대를 구매하기로 한 것이다.

원래 이들은 미국의 F—35를 구매할 예정으로 이를 언론에 흘리는 등의 간보기를 행했다. 그러나 이 기사를 읽은 주 터키 지사장의 보고에 의해 삼원그룹이 적극 수주전에 뛰어들어 금번의 쾌거가 성사된 것이다.

참고로 터키는 현재 2016년 군사력 통계표에 8위를 할 만큼 군사력이 강한 나라였다. 5만 명 이상의 공군이 있고, 2015년 기준 터키 국방비는 107억 달러였다.

아무튼 이번 협상에서 삼원그룹은 터키 건국 100주년 행사에 맞추어 2023년 첫 납품을 시작으로 2030년까지 7년간 생산해 납품 완료할 예정이고, 터키군은 이 기종을 2060년까지 운영할 계획이라고 터키 국방부는 언론을 통해 발표한 바 있다.

대당 가격은 100대를 주문한 관계로 인도네시아보다는 100만 달러가 줄어든 5,400만 달러로 최종 결정 되었다. 그래도 성능은 비슷하나 F—35보다는 40%가 싼 까닭에 터키 정부가 만족함은 물론 그만큼 경쟁력이 있어 이 외에도 당장 인도에도 120대를 판매하기로 되어 있었다.

아무튼 문 대통령이 터키를 방문한 이유도 K—35를 구매해준 데 대한 감사 표시와 함께 앞으로는 군수 분야뿐만 아니라 다각도로 경제 협력을 활성화하기로 하고 1박 2일 일정의 터키 방문에 나선 것이다.

제4장
아름다운 퇴장 I

터키 방문 일정을 끝낸 문 대통령은 곧바로 인도로 날아갔다. 이 일정에 태호 또한 동행하고 있었다. 이미 밝혔듯 인도도 120대의 K-35를 구매하기로 모든 사항이 결정되었기 때문에 최종적으로 한국의 대통령과 태호가 참석하여 모양새를 만들고자 하는 순방이었던 것이다.

문 대통령이 성대한 영접 속에 나렌드라 모디 인도 총리와 단독 정상회담을 하는 동안 태호는 아룬 제이틀리 인도 국방부장관과 환담을 나누고 있었다.

"구매를 해주셔서 다시 한번 감사를 드리는 바입니다."

"천만의 말씀. 뛰어난 성능에 비해 저렴한 가격이니 우리로서는 선택의 여지가 없었습니다. 회장님께서도 아시다시피 우리가 전투기를 자체 개발 하려고 무척 애를 많이 썼으나 결과는 기대 이하로 끝났습니다. 그러니 앞으로 방산 분야에서 삼원그룹의 많은 협력을 기대하겠습니다. 물론 타 분야도 다각도로 교류 협력을 넓혀 나갈 예정이니 회장님께서도 그룹 차원에서 우리나라에 많은 투자를 해주시면 고맙겠습니다."

"물론 그렇게 하도록 하겠습니다. 우리는 서로를 위해 좋은 파트너가 될 것입니다."

이미 인도 국방장관 아룬 제이틀 리가 밝혔듯 인도가 자체 개발한 전투기 테자스(Tejas)는 여러 문제를 노정했다.

오래전인 1983년부터 20년 이상 개발을 계속해 왔으나 레이더 엔진 등의 국산화 추진 문제로 개발 일정이 계속 지연되었으며, 이로 인해 2001년 초도비행에 성공한 이후에도 수많은 시행착오를 겪었다.

특히 엔진의 추력이 낮아 이 문제를 보완하기 위해 많은 시간을 보냈고, 레이더 개발도 뜻대로 되지 않아 결국 삼원그룹의 수입항전장비와 레이더 엔진을 장착하면서 개발을 마무리 짓고 2010년 실전 배치가 시작되었다.

이런 관계로 원래는 200대를 구매할 예정이었으나 현재 공군에서 100대로 줄여서 주문하고 대신 금번에 K-35 120대를 구매하기로 한 것이다. 이렇게 해서 인도에서도 120대를 판매한 문 대통령과 김태호 회장은 1박 2일의 공식 일정을 마치고 다음 날 오후 늦게 귀국길에 올랐다.

*　　　　　*　　　　　*

8시간의 비행으로 인해 밤늦게 귀국한 관계로 문 대통령은 짤막한 인사말로 귀국 보고를 대신하고 다음 날 오전 10시에 정식 귀국 보고를 할 예정이며, 이 자리에서 중대 발표를 할 것이라고 기자들에게 통보했다.

다음 날 오전 10시, 청와대 춘추관.

사전 예고된 이 기자회견장에는 문 대통령은 물론 김태호 삼원그룹 회장도 함께 참석하여 기자들을 어리둥절하게 했다.

어찌 되었든 문 대통령은 양복 상의에서 사전에 준비된 원고를 꺼내 곧장 읽어 내려가기 시작했다.

"금번 미국, 터키, 인도 순방 일정에서 저와 우리 각료들은 국민 여러분의 성원에 힘입어 많은 성과를 거둘 수 있었습니다. 트럼프 미국 대통령과는 상호 이해의 폭을 넓힘은 물론 특히 북핵 공동 대응에 의견 일치를 보았습니다. 그리고 이미 아시는 바와 같이 터키와 인도에서는 삼원그룹에서 수많은 시간과 천문학적 비용을 들여 개발한 K—35 220대를 판매하는 큰 성과를 거두기도 했습니다."

여기서 읽기를 마치고 잠시 장내에 시선을 준 문 대통령이 원고에서 시선을 거둔 채 정면을 바라보고 말을 이어나갔다.

"국민 여러분, 제가 귀국 보고를 자처한 이유는 위의 방문 성과도 성과지만 삼원그룹 김태호 회장께서 우리나라를 위해 아주 훌륭한 일을 하시겠다기에 이 자리를 빌려 발표하려 함 이 주된 이유입니다. 이에 대해서는 김 회장께서 직접 발표해 주시는 것이 모양새가 나을 것 같습니다. 김 회장님, 앞으로 나오시죠."

이에 태호는 어쩔 수 없이 물러난 문 대통령을 대신해 단상 앞에 섰다.

"지난 2016년 9월 9일 북한은 5차 핵실험을 단행한 것은 물론 미사일도 점점 고도화시키고 있습니다. 이에 국민들이 느끼는 불안감은 이루 말할 수 없이 크리라 생각합니다. 따라서 국민의 지지와 성원으로 오늘날 세계적 대기업이 된 삼원그룹 으로서는 이런 국가 위난의 시기를 맞아 국민을 위해 무엇을 할 수 있을 것인가 수년 전부터 고민해 오다 금번에 여러 결정을 일시에 매듭짓게 되어 그 사항을 발표하려 이 자리에 섰습니다."

이 대목에서 잠시 호흡을 고르며 웅성거리는 장내에 한번 시선을 준 태호의 발언이 이어졌다.

"첫째, 우리 삼원그룹은 북한의 미사일 공격을 방어하기 위한 무기를 금번에 대대적으로 들여와 이를 배치하려 합니다. 즉, 적의 로켓 및 자주포, 또 일부 장사정포 공격을 막아내기 위해 우리와 이스라엘이 공동 개발 한 아이언 돔 10개 포대를 들여와 수도권 일대에 배치하려 합니다. 그리고 적의 미사일을 막아내기 위한 3단 방어 체계로 애로1에서부터 3까지 각각 열 개 포대를 들여와 전국 요소요소에 배치하여 적의 어떠한 미사일 공격도 충분히 방어하게 함으로써 국민 여러분께서 두 발 쭉 펴고 주무실 수 있는 것은 물론, 든든한 마음으로 생업에 종사할 수 있도록 하겠습니다."

여기까지의 발표만으로도 장내 가득 들어찬 내외신 기자들의 술렁임으로 더 이상의 발표가 어렵게 된 가운데 어느 기자가 불쑥 질문을 던졌다.

"회장님께서 들여오기로 한 아이언 돔과 미사일의 제원에 대해 이 자리에서 알려주시면 국민들이 이해를 하는 데 많은 도움이 될 것 같습니다. 어떻게 생각하십니까?"

"그 부분에 대해서는 제 발표가 모두 끝나고 나서 별도로 자료를 배포하도록 하겠습니다."

"총 얼마의 비용이 소요되는 것입니까?"

"정확한 것은 정산해 봐야 알겠지만 그룹에서 파악한 것으로는 총 40조 원 내외를 예상하고 있습니다."

"그 천문학적 돈을 삼원그룹에서는 아무 대가 없이 국가에 헌납하겠다는 것입니까?"

"그렇습니다. 이는 삼원그룹이 세계적인 기업으로 성장할 수 있도록 도와준 국민 여러분에 대한 최소한의 보답이라 생각했습니다. 자, 아직 발표할 것이 더 남았으니 마저 발표하고 질문은 그 이후에 받도록 하겠습니다."

곧 태호의 발표가 이어졌다.

"또 삼원그룹은 금번에 판매한 K-35 최신예 스텔스전투기 120대를 구매하여 F-35전투기 40대의 도입이 끝나는 2022년 시점부터 3년에 걸쳐 한국 땅에 배치 완료 하도록 하겠습니다."

"그 또한 삼원그룹에서 아무 대가 없이 대한민국을 위해 국가에 회사하겠다는 것입니까?"

"그렇습니다."

"그 비용은 또 얼마입니까?"

"외국에 판매한 가격을 보아 대충 짐작할 수 있을 것입니다만, 한화로 대당 가격이 600억 원 정도합니다. 따라서 120대면 총 7조 2천억 원이 들어가지 않을까 생각하고 있습니다."

"우와!"

어느 한 기자가 자신도 모르게 놀란 탄성을 발하거나 말거나 태호는 더 이상의 질문이 이어지기 전에 재빨리 다음 발표를 이어나갔다.

"또 삼원그룹에서는 3천 톤급 원자력 핵 잠수함 아홉 척을 동시에 건조하여 5년 내에 모두 해군에 인도 완료 하려 합니다."

"핵 잠수함이라니요? 미국의 동의는 받은 것입니까?"

어느 기자의 이 질문에 문 대통령이 답변에 나섰다.

"그렇습니다. 금번 저와 트럼프 대통령은 그 문제에 대해서도 심도 있는 논의를 거쳐 적의 SLBM(잠수함 발사 탄도미사일)에 대응하기 위해서는 그 방법밖에 없다는 판단하에 그쪽에서 양해한 사항입니다."

"협의 과정에서 농축우라늄의 순도가 문제가 되지는 않았습니까?"

"그렇습니다. 그래서 우리는 90%짜리가 아닌 20%짜리 상업용 농축우라늄을 구매해 원자로에 사용할 예정입니다."

"3천 톤급이라도 핵 잠수함이라면 가격이 엄청날 텐데요?"

이 질문에는 문 대통령이 아닌 태호가 나서서 답변했다.

"척당 1조 5천억 원 정도 들 것이라 예상하고 있습니다. 따라서 아홉 척이면 13조 5천억 원 정도가 들어가지 않을까 생각합니다."

"아홉 척 전부를 우리나라 조선소에서 건조합니까?"

"그렇습니다. 원자로 설계와 제작만 삼원그룹 휘하에 있는 미국 내 노스롭그루먼사에서 담당하고 나머지는 삼원조선소에서 여섯 척, 나머지 세 척은 타 조선소에 맡겨 최대한 건조를 앞당길 생각입니다. 이는 여러분도 아시다시피 북한의 미사일 개발 속도가 예상을 뛰어넘는 관계로 저들이 SLBM을 개발하기 전 우리가 먼저 배치해 두려는 것입니다."

"지금까지 발표하신 내용을 종합해 보면 정말 천문학적 거금이 들어가는데, 그렇게 해도 삼원그룹의 운영에는 이상이 없겠습니까?"

"그룹 내 회사 돈을 제 마음대로 한다면 이는 배임 횡령 혐의로 발표가 끝나자마자 구속되지 않겠습니까?"

"하하하! 그렇습니다."

"따라서 금번에 발표한 내용은 저와 아내의 사재를 털어 모두 충당할 것입니다."

"사모님의 동의는 받으셨습니까?"

"아니면 쫓겨나도 몇 번을 쫓겨날 것입니다."

"하하하!"

"호호호!"

이때였다. 갑자기 문 대통령이 단상 앞으로 나와 눈시울이 붉어진 얼굴로 말했다.

"제가 얼른 회장님이 발표한 내용을 가지고 총 지출 비용을 따져보니 60조 7천억 원 정도 소요되는 것 같습니다. 이렇게 되면 작년 우리나라 국방 예산이 약 38조 8천억 원 정도인데, 약 2년의 국방 예산을 전액 무기 구입에만 투입한 효과가 있습니다. 정말 우리 국민을 위해서는 이보다 고맙고 장한 일이 없을 것 같습니다. 우리 온 국민을 대표해 이 자리에서 회장님께 정중히 감사의 인사 올리겠습니다."

"어거 왜 이러십니까? 그런 공치사를 받으려고 한 일이라면 이 자리에 서지도 않았을 것입니다. 제 발표는 이것이 전부이니 기자 여러분께서는 기사나 좋게 써주십시오."

말을 마치자마자 태호가 급히 그 자리를 빠져나가는 바람에 문 대통령은 닭 쫓던 개 지붕 쳐다보는 격이 되어 한동안 삼원그룹 총수가 빠져나간 문만 멍하니 바라보았다.

*   *   *

태호가 춘추관을 벗어났음에도 문 대통령은 한동안 기자들의 여러 질문에 시달려야 했다. 그러나 그는 자신이 아는 한도 내에서 최대한 성의 있게 답변해 어느 정도 기자들의 궁금증을 충족시켜 주었다.

그렇게 되니 자연 회견 시간이 길어졌다. 그러나 일부 성미 급한 기자들은 지금까지의 취재 내용만 가지고도 본사로 긴급 타전을 했고, 이는 곧 방송에서 속보, 아니, 중대 발표로 전 방송을 일시 중단 한 채 발표하는가 하면, 대부분의 방송사들이 정규 방송을 중단하고 급히 대담 프로그램까지 마련해 상세히 보도하기 시작했다.

이런 소동은 국내 언론만 연출한 것이 아니었다. 세계 유명 통신사들이 급히 이를 전 세계에 타전한 것은 물론 미국의 CNN이나 심지어 중국의 국영 TV인 CCTV에서조차 속보로 내보내는 동시에 정규 방송을 중단하고 대담 프로그램까지 마련했다.

이렇게 세계 전역이 들끓고 있는 가운데 삼원그룹의 총수 김태호의 사무실과 자택은 급히 찾아드는 기자들로 문전성시를 이루고 있었다. 그러나 이 모든 것을 사전에 예측한 태호는 청와대를 벗어나자마자 곧장 김포공항으로 향했다.

기자들을 피해 멀리 달아나기 위함은 당연했다. 아무튼 태호가 김포공항에 도착하니 사전 약속에 의해 아내 효주가 이미 그를 기다리고 있었고, 자가용 비행기 또한 운항 허가를 받아놓고 기다리고 있었다.

곧 두 사람은 일단의 수행원과 함께 비행기에 올랐고, 머지 않아 그들이 탄 비행기는 김포공항 활주로를 박차고 나는가 싶더니 순식간에 서울 상공을 벗어났다.

이렇게 해 부부가 날아간 곳은 제주도 중문단지 내에 위치한 삼원호텔이었다.

낙조가 드리운 해변을 두 사람은 손을 꼭 잡고 산책하고 있었다. 올해 62세인 태호의 머리는 이미 반백이었고, 올해 환갑을 맞은 효주 또한 새치가 많았으나 염색을 해 이를 가렸다.

"좋은 일 하기도 힘드네요."

효주의 말에 곧 태호가 동조했다.

"왼손이 한 일을 오른손이 모르게 해야 할 일을 전 세계를 상대로 떠들어댔으니 우리가 귀찮아질 수밖에."

"우리가 산책하는 장면마저도 누가 찍어 SNS에 올려 금방 기자들 몰려오는 것은 아닌지 모르겠네요."

"이럴 때는 비밀 별장 하나 갖춰놓지 않은 것이 후회되는군."

"그렇지요?"

"하하하! 그렇소."

"그러나저러나 나는 요즈음 수연이 때문에 통 잠을 이룰 수가 없네요. 어떻게 된 계집애가 남들 잘하는 그 연애 한번 제대로 못하고……."

"당신 닮았으면 그런 건 잘했을 텐데."

"뭐라고요?"

"하하하! 아, 아니오."

발끈하는 효주 때문에 태호로서는 얼른 꼬랑지를 내릴 수밖에 없었다.

"당신이 나서서 한번 알아봐요."

"그래야겠어. 벌써 서른한 살 아니야?"

"그래요. 옛날 같았으면 애를 낳아도 몇은 낳았을 나이인데……."

"그러게 말이오. 나라도 나서서 중매를 서든지, 원."

"그나저나 영창이도 얼른 박사 과정을 마쳐야 할 텐데."

"그것을 마쳐도 또 군대를 가야 하니……. 참으로 대한민국에 태어난 남성은 이래저래 고달프지."

두 사람의 대화에서 알 수 있듯 두 사람의 아들 영창은 지금 스탠퍼드 대학원에서 경제학 석사 과정을 마치고 박사 과정을 밟고 있었다.

어려서는 공부를 등한시하더니 중학교 들어가고 나서부터는 무슨 심정의 변화가 생겼는지 공부에만 전념해 스탠퍼드대로 진학한 것은 물론, 곧 박사 학위를 취득할 정도로 열심이었다.

맏딸 수연은 반대로 사춘기 때부터 공부를 좀 덜하는 것 같더니 숙명여대 경영학과를 졸업해 지금은 제 어미와 함께 호텔 사업부에서 근무하고 있었다. 아무튼 한동안 말없이 걷던 태호가 불쑥 물었다.

"당신, 후회하지 않소?"

"뭘요?"

"우리의 전 재산을 기부하기로 한 것 말이오."

"네. 당신 말대로 빈손으로 갈 것, 돈에는 아무런 미련 없어요. 당신 말대로 우리나라 국민이나 인류의 발전을 위해 내놓는 것이 이 땅에 왔다 간 한 사람으로서 얼마나 보람 있는 일이에요."

"내사 이때까지 살면서 수없이 느끼는 것이지만, 참으로 나는 장가 한번 잘 갔소."

"핏! 또 그 소리."

"정말이라니까."

"아, 알았으니 얼굴 붉히지 마세요."

"하하하! 내가 그랬나?"

"네."

"그나저나 우리 아이들도 잘 자라주었소."

"보통 아이들이라면 우리의 기부에 절대 찬성하지 않을 텐데, 두 분이 번 것이니 마음대로 쓰시라 하니 정말 자식 농사는 잘 지은 것 같소."

"말은 그렇게 해도 속은 쓰리지 않겠어요?"

"그래도 놈들은 복 받은 놈들이라 평생 쓸 돈은 남겨주지 않소."

"겨우 10억 가지고."

"겨우 10억이라니? 그 돈을 모으려면 보통 사람들은 뼈가 빠지게 고생해도 모으기 힘든 돈이란 말이오."

"물론 그야 그렇지요. 하지만 우리의 재산에 비하면 10억은 티끌 정도이니……."

"그 문제는 그만 거론합시다."

"왜, 찔리기라도 하시나요?"

"부모치고 자식에게 많은 돈을 물려주고 싶지 않은 사람이 어디 있겠소. 하지만 우리부터라도 이 땅에 본을 보여 보다 살기 좋은 사회를 만들어야 하지 않겠소?"

"그야 그렇지요."

"하하하! 역시 당신이오. 이러니 내 어찌 사랑하지 않을 수 있겠소."

"쳇!"

이때였다, 앞에서 신혼부부로 보이는 두 사람이 태호와 효주에게 접근해 온 것은.

이에 두 사람은 황급히 모자를 더 깊숙이 눌러쓰고 선글라스 또한 고쳐 썼다. 그러나 다가오는 두 사람은 이미 둘의 정체를 알고 있는 듯 다가와 물었다.

"삼원그룹 회장님 내외분 아니세요?"

"험, 험!"

대답이 난처해진 태호가 헛기침만 연발하는데 효주가 나서서 말했다.

"이미 아는 듯하니 아니라고 부정하기도 힘드네요."

"존경합니다, 회장님, 사모님! 같이 셀카 한 장 찍을 수 있는 영광을 주시겠습니까?"

신랑으로 짐작되는 사내의 말에 태호가 굳은 표정으로 말했다.

"SNS에 올리지 않는다는 조건이라면 동의하겠소."

"오늘은 아니고 나중에는 됩니까?"

"그때는 마음대로 하세요. 오늘은 기자들이 몰려올 것 같아서."

"저도 잘 압니다. 오면서 뉴스를 봤거든요. 전 국민이 난리더라고요. 하여튼 대단하시고 존경합니다, 회장님, 사모님."

"그렇게까지 이야기하는데 응하지 않으면 우리가 나쁜 사람 되겠군. 하하하!"

"고맙습니다, 회장님 내외분."

이렇게 되어 태호 부부는 신혼부부 한 쌍과 기념사진을 여러 장 찍었다. 그리고 나니 이런 일이 또 생길 것 같아 부부는 산책도 마음대로 못 하고 호텔 내 스위트룸으로 돌아가기로 했다.

이때는 마침 붉은 태양이 바다 속으로 사라져 바다가 온통 붉게 물들고 있는 시점이었다. 이 모습을 본 태호가 중얼거리

듯 말했다.

"마치 한 사람이 인생의 임종을 맞듯 장엄한 느낌이군."

"너무 비장해요. 슬프기도 하고요."

"하하하! 그런가?"

"그나저나 우리, 모든 재산을 사회에 환원하고 직을 내려놓으면 공기 좋은 시골로 내려가 사는 게 좋지 않겠어요?"

"나는 내가 태어난 고향으로 내려가 살고 싶소."

"부모님의 여생도 곁에서 지켜 드리고요?"

"그렇소."

"다 좋은데 하나 불편한 점이 있을 것 같아요."

"그게 뭐요?"

"집! 내 생각에는 마당 한쪽에 우리 부부가 살 수 있는 별도의 집을 지어 거주하는 게 서로의 프라이버시를 침범하지 않고 좋지 않을까 생각하는데, 당신 생각은 어떠세요?"

"음……."

잠시 생각하던 태호가 말했다.

"내 생각도 그렇소. 당장 내일부터라도 공사를 시작하도록 지시해야겠소."

"하여튼 당신의 추진력 하나만은 알아줘야 한다니까요."

"추진력만?"

"예지력도요."

"나는 그보다도 당신이 더 알아줬으면 하는 게 있소."

"그게 뭔데요?"

"내가 당신을 사랑하는 마음."

"호호호! 좋아요! 접수할게요."

"남은 진지하게 말하는데 너무 가볍게 받는 것 아니오?"

"그래요?"

쪽!

갑자기 효주가 달려들어 태호의 볼에 뽀뽀를 하며 물었다.

"됐어요?"

"조금 부족한데."

"좋아요. 호텔 방으로 돌아가는 즉시 당신이 충분히 알 수 있도록 증명해 드리죠."

"이제는 당신도 그런 면에서는 나에게 밀리지 않는군."

"이게 다 당신한테 배운 거라고요."

"그래서 부부는 닮는다는 말이 나오는가 봐."

"제 생각도 그래요."

효주의 말에 고개를 끄덕이며 태호는 휴대폰을 꺼내 단축 버튼을 눌렀다. 곧 김병수 비서실장이 받았다.

—말씀하시죠, 회장님.

"우리 고향 집에 말이야."

—네, 회장님.

"마당에 근사한 집 하나 짓도록 건설 사장에게 지시하도록
해."

―알겠습니다, 회장님. 그런데 너무 막연합니다. 대충이라도
지침을 내려주시면 설계에 반영하도록 하겠습니다.

"우사와 화장실 쪽을 모두 철거해 그 자리에 근사한 이층
양옥집 하나를 짓도록 해줘요."

―알겠습니다, 회장님.

곧 전화를 끊은 태호는 효주를 데리고 빠른 걸음으로 호텔
내부로 사라졌다.

*   *   *

세월은 또 빠르게 흘러 2017년도 어느덧 12월 하순이 되었
다. 이에 따라 서울 거리는 북핵 위기가 고조되어도 여느 해
처럼 한 해를 잊으려는 사람들로 넘쳐나고 있었다.

이런 시점에 태호는 한 통의 전화를 받고 경악하지 않을 수
없었다.

"뭐라고? 납치된 것 같다고?"

―네, 회장님!

"사람을 어떻게 관리하기에 그런 일이 벌어져?"

―면목 없습니다만, 백두산 현지 기후가 갑자기 나빠져 촬

영을 철수하는 과정에서 행방이 묘연해졌답니다. 처음에는 추락사 쪽을 의심해 많은 사람을 사서 수색했으나 끝내 행방을 발견하지 못했습니다. 그런데 한 가지 의심스러운 단서는 그가 소지하고 있던 현장에 남겨진 휴대폰이었습니다. 그 휴대폰에는 단서를 남기기 위함인지 그가 납치되었을 것으로 추정되는 일부 음성이 있었습니다.

"그게 뭐야?"

―'놔, 이 새끼들아!'라는 말과 함께 '흐흐흐, 네게도 좋은 일이니 더 이상 저항하지 마'라는 타인의 음성이었습니다, 회장님.

"흐흠……."

고심하던 태호가 북경 총괄 사장에게 말했다.

"이게 외부로 알려지면 우리 그룹의 이미지에 큰 타격을 입는 것은 물론, 큰 문제로 비화될 것 같으니 절대 외부에 알려지지 않게 최대한 보안을 유지하고, 그에 대해서는 돈이 얼마가 들어도 좋으니 교섭을 전개해 빼내오도록 해."

―알겠습니다, 회장님.

전화를 끊은 태호는 방 안을 서성이며 한동안 고심에 고심을 거듭했다. 그런 그의 머릿속으로 이 일의 발단 과정이 떠올랐다.

지금 납치되었다는 인물은 한국인으로 원래는 평범한 젊은

이였다. 그러나 어느 종편에서 북한의 김정은을 닮은 인물로 출연해 세상에 알려지게 되었다. 그런 그를 금번에 삼원그룹에서 접촉해 광고 촬영을 하는 과정에서 이런 일이 발생한 것이다.

즉, 삼원이 진로그룹을 인수하면서 '진로석수'라는 물로 생수 시장에 진출하게 되었다. 그런데 이 사업이 별로 신통치 않았다. 진출하는 분야에서는 모두 1위를 차지해야 직성이 풀리는 태호로서는 여간 못마땅한 일이 아닐 수 없었다. 이 생수 분야에서는 3, 4위 정도로 형편없었던 것이다.

이에 태호가 어찌 되었든 생수 시장에서도 1위를 차지하라고 불호령을 내리니 그 분야에 종사하는 자들이 아이디어를 모으게 되었다. 그러다 보니 백두산 물을 생산해 팔면 잘 팔릴 것 같다는 안이 제출되어 채택된 것이다.

그렇게 되어 삼원그룹은 백두산은 백두산이되 북한령이 아닌 중국령의 백두산 물을 채취하여 시장에 내놓게 되었다. 그러나 이 역시도 1위가 아닌 2~3위에 그치자 태호의 불호령이 또 한 번 떨어졌고, 이 과정에서 채택된 또 하나의 아이디어가 김정은을 닮은 청년을 출현시켜 일대 도박을 해보자는 것이었다.

이 안은 사안이 사안인 만큼 최종 회장의 재가까지 떨어져서야 백두산 촬영에 돌입했는데, 오늘과 같은 불상사가 일어난 것이다. 이때 이미 태호는 모든 재산을 사회에 헌납하고 모든 직에서 떠날 결심을 굳힌 상태로, 그 시기만 저울질하고 있는 상태였다.

이런 상황에서 이런 불상사가 발생함으로써 태호는 당분간 모든 일을 미루고 그를 구출해 내는 데 전념할 생각을 굳혔다. 이에 태호는 즉각 김병수 비서실장을 자신의 방으로 불러들였다.

곧 그가 들어오자 태호는 그를 소파에 앉히고 자신도 그의 맞은편에 앉았다. 그리고 지금 벌어진 모든 상황을 자세히 설명하고 지시했다.

"최대한 보안을 유지하고 그룹의 모든 역량을 이 사안에 집중하도록 해. 또한 이 사안의 중대성을 정부에서도 알고 있어야 할 것 같으니 문 대통령과의 비밀 회동도 추진하도록 해."

"알겠습니다, 회장님."

곧 그를 내보낸 태호는 또다시 방 안을 서성이며 고심에 고심을 거듭했다.

12월 24일 저녁.

모든 젊은이들이 크리스마스이브라고 들떠 거리로 쏟아져 나온 이날 저녁.

태호는 무거운 분위기 속에서 문 대통령과 마주하고 있었다. 곁에는 양 비서실장인 김병수와 임종석 실장이 배석하고 있는 상태였다.

아무튼 사안이 사안인 만큼 나온 음식이 젓가락 하나 대지 않은 상태로 모두 식어가고 있는 데도 실내는 고요하기만 했다. 이런 무거운 분위기를 깬 것은 문 대통령이었다.

"사안이 사안인 만큼 최대한 비밀을 유지하며 북과 접촉해 보겠습니다. 그러나 제 생각에 해결이 쉽지만은 않을 것 같군요."

"돈은 얼마가 들어도 좋습니다, 대통령님."

태호의 말에 문 대통령이 답했다.

"돈이 문제가 아닐 것 같아요. 제 생각입니다만 미국 쪽에서 자꾸 레짐 체인지(정권교체)를 거론하니 그 대안으로 그를 납치한 것이 아닌가 합니다. 그래서 묻겠는데, 정말 납치된 젊은이가 김정은과 많이 닮았습니까?"

"원래의 생김부터가 똑 닮은 데다, 보다 확실히 하기 위해 성형수술까지 시켰고 체중도 그와 비슷한 상태로 불렸습니다. 그에 그친 것이 아니라 목소리까지 거의 분별할 수 없을 정도로 훈련시켜 금번 촬영에 임했는지라 유전자 분석이 아니면 분별할 수 없을 정도일 것입니다, 대통령님."

김병수의 답변에 문 대통령이 물었다.

"키는요?"

"키는 납치된 젊은이가 조금 더 큽니다. 그러나 2㎝ 정도라 굽 낮은 구두를 신으면 김정은이 키높이 구두를 신은 것과 별반 다르지 않습니다."

"흐흠, 장가는 갔나요?"

"딸이 하나 있는 것으로 알고 있습니다."

"가족에게는 이 사실을 알려줬습니까?"

"아직……."

"제 생각입니다만 아직은 사실대로 알려주지 않는 게 좋을 것 같습니다. 만약 이 사실을 알려줘 가족이 언론에 떠들기라도 하면 일이 더욱 꼬일 것 같기 때문입니다."

"거참, 곤란하군."

문 대통령의 말을 받아 태호가 중얼거리자 그 역시 무거운 표정이 되었다가 갑자기 미국을 성토하기 시작했다.

"툭하면 미국 쪽은 군사적 옵션을 거론하는데 정말 이는 안 될 말입니다. 이 땅에 다시는 전쟁이 있어서는 안 된다는 말입니다."

"대통령님의 말씀과 저는 조금 견해가 다릅니다."

"무슨……?"

문 대통령이 의아한 표정을 짓거나 말거나 태호는 격정적인 음성을 토해내기 시작했다.

"우리 국민이 전쟁을 각오하지 않으면 이 사안은 역으로 절대적으로 평화적으로 해결될 사안이 아닙니다. 정 너희들이 그렇게 나온다면 우리도 전쟁을 각오하고 어떠한 일이 있어도 핵은 용납 않겠다는 결의를 표명할 때만 저들도 진정으로 겁을 먹고 협상 테이블로 나오지, 우리가 평화를 노래할수록 저들은 우리 국민을 인질로 잡고 핵 개발을 완료할 때까지 절대 대화에 응해오지 않을 것입니다."

"흐흠……."

"따라서 말뿐만 아니라 대피소를 대대적으로 점검하는 것은 물론, 민방공훈련도 형식적이 아닌 전 국민이 진지하게 참여하는 형태로 바꾸어야 합니다."

"나랑은 견해가 다르군요."

"중국의 송나라가 평화만 구걸하다가 끝내는 어떻게 되었습니까? 북송은 새로 일어난 금나라에게 멸망당하고, 남송마저도 원나라의 침입으로 멸망당하지 않았습니까? 전쟁을 두려워하면 더한 결과가 초래한다는 역사적 사실을 고찰하는 것도 나쁘지 않을 것 같습니다."

태호의 말이 이 지경까지 이르자 문 대통령이 불쾌한 낯빛을 숨기지 않고 물었다.

"보수론자이십니까?"

"김영삼 대통령 때는 또 어떠했습니까? 클린턴이 북한의 핵 시설을 폭격한다 했을 때 결사적으로 반대하는 바람에 이루어지지 않아 오늘날 이 지경까지 이른 것 아닙니까? 이때 북한의 김일성은 모든 것이 끝났다 생각하고 김정일을 중국으로 피신시키고 자신은 죽을 각오를 하지 않았다 하지 않았습니까? 그가 전쟁을 말렸다는 것을 자랑하지만 지금 와서 생각하면……."

이 대목에서 태호는 더 이상 말을 잇지 않고 고개를 절레절레 흔들었다. 여전히 불쾌한 표정의 문 대통령이 말했다.

"더 이상 그 문제는 거론하지 맙시다. 하지만 납치된 인물에 대해서는 정부도 책임 의식을 갖고 최대한의 노력을 경주하겠습니다."

"감사합니다."

곧 태호가 일어나자 문 대통령은 그를 잡지 않았다.

돌아가는 차 안.

김병수가 태호에게 물었다.

"무슨 생각을 그렇게 골똘히 하십니까?"

"정치에 대해 한번 생각해 봤어."

"네? 지금까지는 정치와는 담을 쌓고 살지 않았습니까?"

씁쓰레한 웃음을 머금은 태호가 답했다.

"그랬지."

"혹시 정치에 참여할 생각을 하시는 건 아니십니까?"

"생각이 많아진 것은 사실이지만, 아직 그 정도까지는 아니야."

"현대 정주영 회장을 보더라도 기업가의 정치 참여는 금물이라고 생각합니다, 회장님."

"후후후! 세상의 부란 부는 모두 가진 사람이 이젠 정치권력도 차치하려 든다는 따가운 국민 정서를 생각하란 말이지."

"그렇습니다, 회장님."

"후후후."

조소하듯 가볍게 웃은 태호의 시선이 창밖으로 향했다.

제5장
아름다운 퇴장 II

2018년 4월 2일.

그때까지 태호는 전력을 경주해 다각도로 북한 당국과 접촉하려 했으나 실패했고, 정부 역시 접촉을 성시시키지 못했다.

이 과정에서 태호는 그의 가족에게 이 사실을 그대로 알리고 30억 원의 보상금을 지급했다. 그 대신 이를 세상에 알리지 않겠다는 각서를 가족으로부터 받았다.

만약 이 사실이 언론에 노출되면 삼원그룹의 이미지에 큰 손상을 입는 것은 물론 혹시 있을지 모를 협상에도 결코 좋은 영향은 미치지 못한다고 판단했기 때문이다.

이런 속에서 태호는 자신의 결심을 더 이상은 미룰 수 없다고 판단하고 4월 2일 오전 10시, 기자회견을 자청하고 사전에 이 사실을 전 언론에 알렸다.

오전 10시, 삼원그룹 대회의실.

수백 명의 내외신 기자가 몰려와 북새통을 이룬 가운데 태호가 김병수 비서실장을 대동한 채 회의실에 모습을 드러냈다.

곧 기자들의 수많은 카메라 플래시가 일제히 터져 웬만한 사람은 눈을 찌푸리련만 익숙한 태호는 이를 웃음으로 받아들이고 태연히 그들의 촬영에 응했다. 그리고 얼마 후 그가 단상에 올라섰다.

곧 양복 주머니에서 미리 준비된 원고를 꺼내 든 태호가 그 내용을 읽어 내려가기 시작했다.

"존경하는 국민 여러분, 그리고 사랑하는 삼원그룹 가족 여러분, 오늘 이 시간을 기해 저는 삼원그룹의 모든 직에서 물러날 것입니다. 또한 저와 아내가 가진 주식 및 재산 전부를 사회에 환원하도록 하겠습니다. 단, 저희 부부와 자녀들이 생활할 수 있는 돈 얼마는 남겨두려 합니다."

이 대목에서 시선을 들어 웅성웅성 시끄러운 장내를 한번 둘러본 태호는 발표를 계속 이어갔다.

"제가 헌납하기로 한 재산은 세계 석학은 물론 국내의 명망가들로 구성된 21인의 운영위원회에서 결정하여 그 구체적인 쓰임이 결정될 것입니다. 하지만 저로서는 이 돈이 전 인류의 당면 문제인 기후 변화 문제, 암과 같은 난치병의 정복, 또 전 세계적으로는 식량이 남아돌아가나 아직도 굶주림에 시달리는 전 세계의 아사자 층에 쓰이길 바라고, 우리 국민을 위해서도 다방면에 걸쳐 쓰일 수 있길 바랍니다."

다시 한번 장내를 돌아본 태호의 발표가 끝을 향해 치닫기 시작했다.

"그동안 국민 여러분이 우리 기업과 저에게 베풀어준 성원, 영원히 가슴 깊이 간직하고 저는 이제 제가 태어난 고향으로 돌아가 평범한 삶을 살려 합니다. 부디 행복하시고 건강한 삶이시길 기원합니다."

꾸벅 인사를 한 태호가 단상에서 물러나자 기자들의 고함소리가 여기저기에서 터져 나와 도대체 무슨 질문인지 알 수가 없었다. 이에 단상 앞으로 나온 비서실장 김병수가 손을 들어 제지하고 말했다.

"여러분의 궁금한 점이 많은 것 같아 제가 사전에 회장님께 양해를 구했습니다. 여러분의 질문에 답을 해드리기로. 단 그 시간은 한 시간을 초과할 수 없다는 것을 회장님께 통보받았으니 이 점 양해하시고 중복 질문은 지양해 주시기 바랍니다. 그럼 질문하고 싶은 분을 손을 들어주세요. 제가 지명하겠습니다."

곧 수많은 기자들이 손을 들자 김병수가 그중 한 사람을 지목했는데 미모의 여성이었다.

"JTBC의 김다은 기자입니다. 저는 딱 두 가지만 회장님께 질문드리겠습니다. 그 첫 번째로 회장님이 기부하시겠다는 돈이 현 시점에서 얼마가 되는지, 또 가족의 생활비로 남겨두겠다는 돈이 얼마인지 궁금합니다."

곧 단상으로 나온 태호가 선 채 답했다.

"그 질문이 나올 줄 알고 비서실에 지시해 알아본 결과, 매일 주식 시세의 변동 사항이 있으므로 3월 30일 금요일 기준 한화 5,527조 원이 되는 것으로 파악되었습니다. 이는 제가 지난번에 약속한 군 현대화를 위한 미사일방어시스템이나 전투기, 또 핵 잠수함을 획득하는 데 들어갈 비용을 제외한 금액임을 밝혀두는 바입니다."

5,527조 원이나 된다는 말에 기자들의 입이 모두 벌어져 다물지 못하고 있는 가운데 태호는 계속해서 나머지 질문에 대한 답변에 나섰다.

"우리 가족의 생활비로 남겨놓은 돈은 내 두 자식을 위해 각각 10억 원씩 통장을 마련해 두었고, 우리 부부를 위해 남겨둔 돈 또한 10억 원입니다. 하지만 제 소유의 서울 집이 한 채 있고 시골에도 얼마 전에 지은 집 한 채가 있으니 실상은 20억 정도가 되지 않을까 생각합니다."

"그 돈도 보통 사람들이 보기에는 많은 돈 아닌가요?"

반사적으로 돌아온 어느 기자의 질문에 태호가 미소 띤 얼굴로 답했다.

"압니다. 진정 10억 원도 보통 사람이 생각할 때는 어마어마한 돈이라는 것을. 하지만 내 자식들이 상속을 노렸다면……."

이 대목에서 갑자기 사방에서 폭소가 터져 나와 태호의 말이 잠시 중단되었으니 곧 이어졌다.

"그 상실감이 이루 말할 수 없이 컸을 것이라는 것도 미루어 짐작해 주셨으면 감사하겠습니다. 그리고 내가 가진 20억 원도 보통 사람이 생각하기에는 어마어마하게 큰돈일 것이나 품위 유지를 위해서는 그 정도는 필요하다고 생각했습니다. 그러나 이마저도 쓰고 남은 돈이 있다면 우리 부부가 삶을 마감한 후에는 꼭 사회에 헌납할 것을 이 자리에서 분명 약속드리겠습니다."

"존경합니다, 회장님!"

태호의 말이 끝나자 어느 남자 기자가 불쑥 던지는 말이 아니더라도 장내가 한동안 숙연해졌다.

"다음 질문 받겠습니다."

"21인의 운영위원회라는 것이 이미 구성되었나요? 또 굳이 21인으로 구성하는지 알고 싶습니다."

이에 대호가 다시 답변에 나섰다.

"아직 완전히 끝나지 않아 몇 분은 계속 섭외 중이고, 21이라는 숫자에 대해 특별한 의미는 없고, 단지 그 정도 숫자는 되어야 우리가 모시고자 하는 각 분야를 대표하는 명망가들을 모실 수 있을 것으로 생각했습니다. 따라서 그 숫자는 변동이 있을 수도 있습니다."

"회장님이 그 모임의 수장이 되시는 겁니까?"

"아닙니다. 제가 관여하게 되면 아무래도 제 욕심이 들어갈 것 같아 저는 물론 우리 가족 모두 관여치 못하도록 했습니다. 단, 삼원그룹과는 마찰이 생기면 곤란하므로 삼원그룹 회장은 당연직으로 의장을 맡게 할 생각입니다. 물론 전문경영인이겠지요."

"말씀을 들어보니 앞으로는 그룹의 일에 전혀 관여하지 않으실 생각인 것 같은데요?"

"그렇습니다. 여러분이 보시기에도 제 세대의 보통 사람들보다 머리가 많이 세어 보이지 않습니까? 실제 경영이라는 것이 그만큼 고초가 큽니다. 따라서 저는 일절 경영에 간섭하지 않고 남은 생만은 유유자적(悠悠自適)한 삶을 살고 싶습니다."

한 기자가 김병수의 지목을 받고 질문을 던졌다.

"차기 회장은 내정하셨는지 궁금하고요, 만약 운영위원회에서 헌납된 두 분의 지분을 매각한다면 타인이 삼원그룹을 지배하지 않겠습니까?"

"차기 회장은 이사회에서 결정할 것이고, 우리 부부가 헌납한 주식은 물론 매각할 수도 있을 것입니다. 예를 들어 지금 벌이고 있는 사업이 사양 산업이 될 때라든가, 그 회사가 더 이상의 비전이 없다고 판단될 때 등 여러 이유가 있겠지요. 그럴 때는 물론 매각해야 합니다. 그렇지만 우리가 가지고 있는 주식에서 발생되는 배당금이라든가, 들어오는 이자만 해도 한 해 수백 조 원이 넘을 것이므로 그 돈만 가지고도 제 이상을 구현하는 데는 큰 문제가 없을 것입니다. 따라서 모 기금(母基金)에 해당되는 주식을 함부로 매각하지는 않을 것으로 저는 보고 있습니다."

"다음 질문 해주세요."

김병수의 말에 한 기자가 손을 번쩍 들었다. 김병수가 그 기자를 지목하자 그가 질문을 던졌다.

"한겨레의 한석수 기자입니다. 혹시 회장님께서 재산을 헌납하는 것이 정치에 뜻을 두었기 때문인 것은 아닙니까? 말하자면 이미지를 좋게 포장하기 위해 한국이 필요로 하는 최첨단 무기도 헌납하고 재산 일체도 기부하시는 것은 아닌지……."

질문이 여기까지 진행되자 김병수가 화를 벌컥 내며 기자의 질문을 중단시켰다.

"그만하세요! 회장님의 뜻을 그런 식으로 왜곡시켜 받아들인다면 앞으로 이 땅에 기부 문화를 정착시키는 데 전혀 도움이 되지 않을 것입니다!"

곧 자신이 너무 흥분하고 있다는 것을 깨달은 김병수가 한결 차분해진 음성으로 발언을 잇기 시작했다.

"제가 알기로 회장님은 오래전부터 스웨덴의 발렌베리 가문에 대해 연구를 하게 하셨고, 금번 기부는 그보다 진일보된 안으로 저는 생각하고 있습니다. 그런데 이를 정치를 하기 위한 사전 공작쯤으로 생각한다면 회장님의 숭고한 뜻을 심히 모독하는 것이라는 것을 알아야 할 것입니다."

말을 끝낸 김병수가 다음 질문을 받으려는데 이를 제지한 태호가 다시 단상 앞에 섰다.

"정치라는 말이 거론됐으니 한국 정치에 대해 한 말씀 드리고 싶습니다. 제가 볼 때 이건희 회장님의 말씀도 계셨습니다만, 한국에서 가장 낙후된 분야가 정치라 생각합니다. 한마디로 지금의 한국 정치인들은 너무 당리당략에 충실합니다. 나라의 장래를 생각하는 비전도 없고 국민의 여망과는 한참 동떨어진, 집권을 위한 자신들의 노름에만 빠져 있습니다. 그 결과 야당이 되면 반대만을 위한 반대를 일삼으며, 국민의 삶은 도외시한 채 정쟁에만 몰두하니 국민이 오히려 정치를 근심하는, 거꾸로 된 게 한국 정치의 현실이 아닌가 합니다. 참으로 우리 국민을 슬프게 하고 분노케 하는 정치인들은 각성해야 할 것입니다."

"옳소! 속이 다 후련하다!"

어느 기자가 충동적으로 뱉은 말의 여운이 채 가시기도 전에 종전의 한겨레 기자가 발언권도 얻지 않고 불쑥 질문을 던졌다.

"그래서 정치를 하시겠다는 것입니까, 말겠다는 것입니까?"

"지금은 단지 쉬고 싶을 뿐입니다. 그러나 한국 정치가 그릇된 방향으로 가고 있으면 그때부터는 할 말은 하며 살겠습니다."

"궁극적으로는 정치에 뜻을 두셨다고 해석해도 되겠습니까?"

집요한 한겨레 기자의 질문에 태호가 미소를 띤 채 답변했다.

"해석의 자유는 누구에게나 있습니다."

애매모호한 말로 말을 맺은 태호가 단상에서 물러나자 또 다른 기자가 손을 들고 질문을 신청했고, 이에 김병수가 그를 지목해 발언 기회를 주었다.

"동아일보의 문천상 기자입니다. 한국의 당면 문제 중 핵심을 꼽으라면 누구나 주저 없이 북핵 위기를 꼽을 것입니다. 만약 누군가가 회장님께 이를 해결할 복안이 있느냐고 묻는다면 어떻게 답변하시겠습니까?"

"문 기자님은 쉬운 질문을 아주 어렵게 하는 재주가 있군요."

"하하하!"

"호호호!"

"웃자고 한 농담이니 양해하시고, 제 답변은 있다, 입니다. 그러나 지금 이 자리는 그런 자리가 아니니 다음에 기회가 되면 말씀드리겠습니다."

"한국일보의 조인영 기자입니다. 회장님 말씀으로는 자녀분들에게 전혀 경영권을 물려주실 의사가 없으신 것 같은데, 만약 그중 어느 하나라도 정말 탁월한 경영 능력이 있다면 어찌하시겠습니까?"

"제 자식이라 해도 공정한 룰과 게임을 통해 정말 경영을 잘하는 것이 입증된다면 그들에게도 같은 차원에서 기회가 주어져야겠지요. 하지만 내 후광으로 된다는 것은 그룹의 장래를 위해서라도 절대 용납 못 할 일입니다."

"다음 질문하실 분?"

김병수의 말에 미모의 서양 여기자가 손을 번쩍 들었다. 이에 김병수가 그녀를 가리키며 말했다.

"질문해 주세요."

"CNN의 데이지 할리 기자입니다. 제가 알기에 회장님의 주식 상당량이 미국 기업에 있는 것으로 알고 있습니다. 예를 들자면 애플이나 마이크로소프트, 구글 등 시가총액 상위 종목 중 상당수가 회장님 부부의 지분으로 알고 있는데, 그런 회장님이 경영 일선에서 물러나신다면 이 주식 가치도 많이 떨어질 것으로 예상됩니다. 이에 대해 어떻게 생각하십니까?"

"말씀하신 것과 같이 상당수가 최대주주인 것은 맞습니다. 그러나 미국 기업에 대해서는 거의 경영에 간섭해 본 일이 없으니 크게 걱정하실 일은 아니라고 봅니다. 지금과 같이 현 CEO들이 앞으로 잘 헤쳐 나갈 것이라 저는 믿고 있습니다."

태호의 발언이 끝나자 계속해서 상당수의 한국 기자들이 손을 들고 질문 기회를 얻길 바랐으나, 김병수는 연달아 외국 기자에게 질문 기회를 주었다. 다음은 일본 NHK 기자였다.

"많이 부럽습니다. 한국에서 회장님과 같은 대사업가가 출현한 것도 그렇고, 통 큰 기부 또한 많이 부럽습니다. 어찌 됐든 회장님께서 일본 경제에 한마디 충고를 하신다면 무어라 말씀하시겠습니까?"

"일본 경제, 나름 잘하고 있으니 외람되게 충고를 한다는 것은 맞지가 않고요, 단지 희망 사항이 있다면 로봇 분야나

인공지능 분야에서 양국 기업 간의 기술 협력이 더욱 확대되고 기술 공유가 이루어진다면 보다 뚜렷한 발자취를 남기지 않을까 생각하고 있었는데, 이를 실현시키지 못하고 떠나게 되어 유감입니다."

태호의 발언이 끝나자 중국 신화사통신 기자가 발언 기회를 얻었다.

"회장님께서는 반도체나 전기차 등 최첨단 분야는 투자를 안 하신 것으로 알고 있습니다. 혹시 반중론자 아니신지요?"

"절대 그렇지가 않습니다. 우리 그룹이 한국의 어느 기업보다 빨리 중국의 문을 두드린 것이 엄연한 현실이고요, 전기차 분야도 일찍이 비야디그룹과 협력해 이제 전기차 분야의 강자가 되었으니 말씀에 어폐가 있다는 것을 알 것이고요, 또 반도체 분야를 중국에 투자하지 않은 것은 맞습니다만, 이는 반도체 분야만큼은 한국 외에 어느 나라에도 공장을 세운 일이 없으니 미루어 짐작할 수 있을 것입니다. 이는 한국에 보다 질 좋은 일자리를 많이 만들기 위한 차원으로 그 이상도 이하도 아닙니다."

다음은 한국 기자에게 질문 기회가 가서 경향신문 기자가 질문을 던졌다.

"회장님께서 은퇴를 하시고 제일 먼저 하고 싶은 일은 무엇이며, 만약 회장님께 강의를 맡기는 곳이 있다면 어떻게 하시겠습니까?"

"제일 먼저 하고 싶은 일이라면 그간 두지 못한 바둑을 실컷 두고 싶고요, 낚시와 독서도 하고 싶습니다. 그리고 강의의 기회가 주어진다면 바쁘지 않은 선에서 가끔은 세상 사람들과 소통하고 싶습니다. 이는 세상과의 소통도 있지만 우리 부부의 노후 생계 문제가 달린 일이므로 절대 소홀히 취급하지는 않을 것입니다."

"20억 원을 남겨두신다면서 노후 생계를 걱정하십니까?"

경향신문 기자의 추가 질문에 태호가 웃으며 답변했다.

"내가 은퇴 후라도 돈을 많이 벌면 벌수록 더 많이 남기고 세상을 등질 것이고, 그래야만 부모님이나 장모님의 재산을 탐내지 않을 것이니 좋은 일이 아닌가 합니다."

"하하하!"

"호호호!"

채 장내에 웃음이 가시기도 전에 태호가 물러났다가 다시 마이크를 잡고 말했다.

"아, 잠깐만요! 지금 문득 좋은 생각이 떠올랐습니다. 강의 이야기가 나왔으니 말인데 10억은 물론 제 서울 집도 차제에 모두 내놓겠습니다. 강의 등으로 벌면 우리 부부의 노후는 걱정 없을 것 같기 때문입니다."

"하하하!"

"호호호!"

김병수가 다시 등단해 말했다.

"이제 약속한 한 시간이 모두 지났습니다. 마지막으로 회장님께서 하고 싶은 말씀이 있으면 하시지요."

"국민 여러분, 지금까지 삼원그룹과 저를 성원해 주신 데 대해 다시 한번 무한한 감사를 드립니다. 그리고 기자 여러분, 지금까지 감사했습니다. 앞으로도 안 아프게 조곤조곤 잘 써주시길 부탁드리겠습니다."

말과 함께 정중히 고개를 숙이는 것으로 태호의 기자회견은 끝났다. 곧 태호가 회장실을 떠났지만 기자들은 여전히 떼를 지어 그의 뒤를 쫓고 있었다. 이내 엘리베이터를 탄 태호가 사옥 현관에 이르자, 그곳에 도열해 있던 사장급 이상 전 간부들이 벌써 충혈된 눈으로 그를 맞았다.

태호는 그런 그들의 손을 일일이 잡아주며 그간 고생 많았다며 위로 겸 치하의 말을 전하는 것을 끝으로 대기하고 있던 승용차에 올라탔다. 곧 멀어지는 승용차를 향해 손을 흔들던 간부들의 입에서 참고 있던 울음이 터져 나오고, 이를 아는지 모르는지 태호 부부가 탄 승용차는 빠른 속도로 그들로부터 멀어져 갔다.

*   *   *

고향으로 향하는 차 내.

태호의 어깨에 비스듬히 기댄 효주가 물었다.

"지금 기분이 어떠세요?"

"한마디로 표현한다면 시원섭섭하지."

"시원한 것은 이해가 되나 섭섭한 것은 또 뭐예요?"

"아직은 우리가 한창 일할 나이인데 그만둔 것이 좀 서운하기는 해."

"그럼 더하지 그러셨어요?"

"많이 지친 것도 사실이거든."

"이해가 돼요. 그러나저러나 우리 딸내미는 밥이나 잘 해 먹고 다닐까요? 이젠 가정부도 없는데."

"나이가 나이인 만큼 제 문제는 이제 지가 알아서 하겠지."

"아무래도 자꾸 걱정이 되네요."

"그게 부모의 마음이지만 때로 모질게 대해야 자립심도 키워지는 것 아니겠어?"

"당연한 말씀이지만 벌써부터 수연이가 눈에 밟히네요."

"아들은?"

"마찬가지죠."

"걱정도 팔자라는 말이 괜한 말은 아니었군."

"뭐라고요?"

"그 발끈하는 기질은 어찌 나이가 들어도 그대로인가, 이 사람아?"

"참, 당신이 그렇게 만들잖아요?"

"그래? 나는 그런 일 없는 것 같은데?"

말과 함께 태호가 시선을 돌리자 효주가 운전하는 경호원의 눈치를 보더니 태호의 팔뚝을 조금 아프게 꼬집었다.

이에 태호가 과장되게 소리를 질렀다.

"아야야!"

"쉿!"

다시 한번 경호원의 눈치를 보며 효주가 상기된 얼굴로 태호의 가슴에 얼굴을 묻었다. 그런 그녀를 토닥이며 태호가 말했다.

"이 나이가 되어도 여전히 소녀 같은 당신이 참으로 예쁘군."

"정말?"

태호가 말없이 고개를 끄덕이자 행복한 표정을 지은 효주가 여전히 그의 가슴에 얼굴을 묻은 채 속삭였다.

"그거 챙겨 오셨어요?"

"뭐?"

태호가 정말 모르는 표정으로 묻자 효주가 말했다.

"아스트로글라이드."

"하하하!"

태호가 느닷없이 폭소를 터뜨리자 효주의 얼굴이 더욱 붉어지며 그의 가슴을 살짝 꼬집었다. 상당히 부끄러운 모양이다. 그도 그럴 것이 효주가 말한 '아스트로글라이드'라는 상품은 '워밍 마사지 로션'이라고 상품명과 함께 나란히 그 용도가 적혀 있었기 때문이다.

제6장
정치 입문 Ⅰ

고향에 도착한 태호 부부는 연로한 아버지와 어머니의 환대를 받았다. 87세의 아버지의 머리는 이미 백발이었고, 그나마 탈모로 인해 머리가 훤히 다 들여다보였다. 85세의 어머니 또한 염색으로 흰머리를 감추셨지만 의치로 인해 딱딱한 것은 씹을 수 없는 상태였다. 이는 아버지도 같은 상태였다.

아무튼 보는 게 인사라는 아버지의 말처럼 부부가 큰절을 올린 뒤 앉으니 아버지가 입을 열었다.

"텔레비전으로 다 봤다."

그 말을 받아 어머니가 말씀하셨다.

"눈물이 나서 혼났다."

태호가 답했다.

"무성하던 나뭇잎도 가을이 되면 다 떨어져 흙으로 돌아가듯 내려올 때도 알아야죠."

"우리만 늙는 줄 알았더니 너희들도 세월은 비켜가지 않는구나. 부모 마음은 자신은 늙을지라도 자식들만은 세월이 비켜가기를 바라지만 다 부질없는 욕망임을 알겠구나."

어머니의 말을 받아 태호가 답했다.

"아무렴요. 시간만큼 누구에게나 공평한 것도 없죠."

"피곤할 텐데 그만 가 쉬어라."

"네, 아버지."

답한 둘은 곧 안채에서 물러나 새로 지은 2층 양옥집으로 향했다.

*   *   *

모년 모월 모일.

오늘은 동네 저수지로 낚시를 하러 갔다. 아내와 경호원 셋을 데리고. 경호원들도 이제는 옛 친구가 한 명도 곁에 없었다. 나와 같은 연배라 모두 놓아주었다. 직업의 특성상 일찍 질 수밖에 없는 그들이 안타까웠지만 어쩔 수 없는 일이었다.

그래서 모두 젊은 친구들로 교체했고, 교체된 지 꽤 된 그들에게도 나는 낚시를 권했다. 주저하는 그들에게 나는 이 시골까지 위해를 가하러 오는 사람은 없을 것이라는 말로 안심시켜 끝내 동참시켰다.

뿐만 아니라 나는 아내에게도 다섯 대를 편 낚싯대 중 두 개를 맡겨 함께 즐기도록 했다. 취미까지 함께해야 진정 함께 노년을 즐길 수 있다는 지론까지 펴며.

아무튼 우리는 그렇게 찌에 시선을 둔 채 30분 이상을 두고 있으나 누구 하나 건져내는 사람이 없었다. 세월만 낚고 있는 것이다. 그런데 초보에게 재미를 붙이게 하려는지 아내가 나지막하게 소리를 질렀다.

"저, 저기……!"

그녀의 기성에 시선을 두니 찌가 쏙 들어가 있다.

"잡아채!"

"어떻게요?"

나는 할 수 없이 낚싯대를 잡아채고 천천히 들어 올렸다.

곧 어른 손바닥 반만 한 붕어가 딸려 올라왔다. 이것이 시작이었다. 여기저기서 피라미며 붕어 등을 건져 올리기 시작했다. 그렇게 두 시간가량 낚시를 즐긴 우리는 잡은 물고기로 어죽라면을 끓여 먹고 집으로 향했다. 걸어서 집으로 돌아가는 길은 미안함의 연속이었다.

논과 밭에서 일하는 동네 어르신들을 볼 때마다 죄짓는 기분이 들어 함부로 낚시도 할 수 없겠구나 하는 생각이 들었다.

＊　　　　＊　　　　＊

모년 모월 모일.

아침부터 전화 한 통을 받은 나는 설레는 마음으로 무려 두 시간을 보내고 30분을 동네 어귀에서 서성거렸다. 마침내 승용차 한 대가 조용한 농촌 마을로 들어섰고, 그 차에서 두 명이 내렸다.

백발인 조훈현 국수와 이창호 9단이었다. 나는 그들과 반갑게 해후를 하고 그들을 데리고 집으로 향했다. 곧 텃밭에서 일을 하던 아내와 마주쳤고, 그들은 아내와도 인사를 나누었다.

곧 내가 그들을 데리고 1층 서재로 가자 뒤따라 들어온 아내가 얼마 후에는 차를 끓여 왔다. 국화차였다. 어머니가 작년 가을에 마련해 둔 것이다.

"한 잔씩 드세요. 예로부터 불로장수한다고 전해오며, 특히 눈을 밝게 하고 머리를 좋게 한다 하니 바둑을 두시는 분들에게 좋을 것 같아서……."

"감사합니다."

"별말씀을요. 그럼……."

목례를 한 아내가 나가자 셋은 뜨거운 차를 후후 불어가며 천천히 마시기 시작했다. 이내 차를 다 비운 조 국수가 말했다.

"그간 회장님께 큰 은혜를 입은 우리 바둑계지만 변변한 인사 한번 드리지 못한 것 같습니다. 마침 요즈음은 회기도 아니고 또 이창호 사범도 오늘은 대국이 없다고 해서 모처럼 회장님과 수담(手談)이나 나눌까 하고 찾아뵈었습니다."

"잘 오셨습니다. 심심하던 차였거든요."

"하하하! 회장님 입에서 그런 말이 나올 줄이야."

빙긋 따라 웃던 나는 조심스럽게 조 국수에게 물었다.

"정치에 입문하니 어떻습니까?"

"바둑 두는 것만 영 못합니다. 이건 무슨 꼭두각시도 아니고, 매번 당론에 따라 움직이니 의원 개개인이 입법기관이라는 말이 무색합니다."

"하하하! 그럴 겁니다."

둘의 대화에서 알 수 있듯 조 국수는 지금 자유한국당 비례대표 국회의원으로 활동하고 있는 중이었다. 아무튼 더 이상 정치에 관한 이야기를 피하기 위해 나는 이창호 9단에게 물었다.

"이 사범은 요즘 어떻습니까?"

"제 근황보다도 우선 회장님께 감사의 인사부터 올리겠습니다. 회장님께서 창설하신 삼원배 리그전이 저희들에게는 솔직히 큰 밥줄입니다. 아니었으면 곤란을 겪고 있는 기사들이 많을 터인데……."

"삼원그룹을 이끌어오면서 그 흔한 체육회장 한번 안 해봤습니다. 오로지 바둑에만 조금 투자했다고 할 수 있죠. 그게 바둑계에 도움이 되었다니 다행이고요, 앞으로도 바둑계에 대한 지원은 지금과 같이 계속될 것입니다. 내 재단에 이 부분은 명확히 지시해 놓았으니 틀림없이 그대로 이행될 겁니다."

"감사합니다, 회장님. 사실은 그게 걱정이 됐거든요."

"자, 우리 모처럼 만났으니 한 판 둘까요."

"그러시죠. 이 사범이 먼저 시작하지."

"네."

곧 두 점을 깐 나와 돌부처 이창호 9단과의 지도 대국이 시작되었다.

*   *   *

토요일인 오늘 수연이 내려왔다. 그런데 꼴이 몰라보게 달라져 있어 아내와 나의 마음을 아프게 했다. 그런 딸에게 이번에도 어김없이 할머니, 할아버지의 잔소리는 쏟아졌다. 얼른 시집가라는 소리였다. 그 소리 듣기 싫어 내려오기 겁난다는 딸의 말에도 불구하고.

그러나 나 역시도 걱정이 되니 거기에 한 팔 거들지 않을 수 없었다.

"정말 남자가 그렇게 없니?"

"너무 많아 탈이에요. 절 쫓아다니는 애들은."

"그런데 왜?"

"제가 좋아야 하죠."

"아무나 한 놈 골라잡아."

"참나……"

어이없어하던 딸이 듣기 좋은 말을 했다.

"아빠 반만 닮은 사람이 있어도 얼른 갔을 텐데."

이를 들은 제 어미가 핀잔을 주었다.

"네 아빠 같은 사람이 어디 흔하니? 아마 전 세계를 뒤져도 몇 없을걸."

"참나, 부창부수라더니."

"사실이잖아?"

"그래요, 그래. 그나저나 배고프니 밥이나 좀 주세요."

"알았다."

아내가 주방으로 향하자 딸에게 은근한 목소리로 물었다.

"정 제 머리 못 깎으면 아빠가 나설 수밖에. 그렇게 하랴?"

"절대, 절대 사양이에요. 제 문제는 제가 알아서 할 테니 관심 끊으세요."

"무슨 말을 그렇게 하냐? 서운하게……."

"지나친 관심도 상대를 피곤하게 하는 것 몰라요, 아빠?"

"알았다, 알았어. 할머니, 할아버지 걱정 끼치지 말고 가급적 올해 안에 가는 방향으로 하자."

"알았으니 이제 그 문제는 그만하세요."

"오케이!"

*　　　*　　　*

모년 모월 모일.

오늘은 내 모교에서 강의가 있었다. 1회에 500만 원씩 받는 기업체 강의가 아니고, 비록 공짜 강의였지만 나는 젊은이들과 소통하는 것만으로도 즐거웠다.

정치에 대한 날카로운 질문이 쏟아질 때마다 진땀을 흘려야 했지만 그 또한 지나고 나면 즐거운 일이기도 했다. 그런데 오늘 내가 한 발언이 검색어 1순위는 물론 석간과 방송의 톱뉴스로 계속 보도될 줄은 몰랐다.

'사사건건 부딪치며 국민을 위한 입법은 한 건도 처리하지 못하는 식물 국회는 차라리 없느니만 못하다. 따라서 차제에 해산을 하던지 아예 문을 닫아버렸으면 좋겠다'는 좀 과격한 발언이었다.

이 발언에 대한 댓글을 읽어보니 호의적으로 게재한 글이 90%, 나를 공격하는 글이 10% 정도 달려 있어 국민들이 얼마나 정치에 염증을 내는지 알 수 있을 것 같았다.

*　　　　*　　　　*

이렇게 태호가 취미 생활과 강의로 시간을 보내는 동안에도 그에 대한 세간의 관심은 식지 않았다. 아니, 오히려 더 증폭되었다고 할 수 있었다. 그전에는 그의 발언이 경제 문제에 한정되어 있었으나, 이제는 정치 영역까지 넘나드니 그의 강의가 신문과 방송에 인용되는 날이 많은 까닭이다.

이런 가운데 6.13 지방선거 전까지 개헌안을 마련해 지방선거 날 동시에 국민투표에 부치겠다는 여야의 약속은 이해를 달리하는 각 정당 간의 치열한 기 싸움으로 이마저 실현시키지 못하자 국민들의 정치에 대한 염증은 극에 달했다.

여기에 태호의 날 선 비판은 그를 더욱 돋보이게 했고, 이를 계기로 소위 '김사모'라는, 대학생을 중심으로 한 그의 추종 세력이 생겨나 '김태호를 국회로', '김태호를 대통령으로'라는 캐치프레이즈하에 그 세를 넓혀 나가기 시작했다.

이 추종 세력이 인터넷과 모바일로 서명운동을 벌이는 가운데에서도 여야는 여전히 정쟁으로 날이 지고 새니 그 세가 날로 달로 불어나더니 급기야 2019년 1분기가 끝날 무렵에는 그 숫자가 500만 명을 돌파하기에 이르렀다.

이렇게 되자 더 많은 언론의 관심을 받게 된 태호의 행동 하나하나는 연일 기사화되었고, 그 빈도수만큼이나 태호의 인기는 날로 높아졌다. 이런 속에서 모 대학 강의를 끝내고 나온 태호에게 어느 신문기자와의 인터뷰 내용이 그를 결정적으로 정치 입문을 촉진시킨 촉매제 역할을 했다.

"국민 500만 명이 벌써 김 회장님을 정계에 입문하라 권하고 있습니다. 이에 따르는 것이 국민에 대한 도리라 생각하는데 어찌 생각하십니까?"

"글쎄요. 아직은 그렇게 깊게 생각해 보지 않았습니다만, 혹시 모르죠. 천만 명 이상이 서명한다면 시대의 뜻이라 생각하고 진지하게 고민해 볼지."

"정말이십니까?"

"물론입니다."

이 인터뷰한 내용이 신문은 물론 전 방송과 신문에서 대대적으로 취급하자 그 서명 열기는 더욱 뜨겁게 달아올라 3분기가 끝난 9월 말에는 정말로 그 서명 인구가 천만 명을 돌파하는 지경에 이르렀다.

이렇게 되자 여야 모두 그를 적으로 돌려 그에 대한 흠집 내기에 열을 올리니 이 또한 노이즈 마케팅이 되어 오히려 그의 명성을 높여가는 데 일조하기에 이르렀다.

이런 속에 일일이 대응을 자제하던 태호가 10월 어느 날 전 언론을 상대로 기자회견을 자청했다. 이에 내외신 기자를 불문하고 수백 명이 그의 자택을 찾아든 가운데 그가 미리 작성한 원고를 읽어 내려가기 시작했다.

"모든 재산을 사회에 헌납하고 초야에 묻혀 유유자적한 삶을 살고자 하는 저에게 우리의 기성 정치는 국민은 물론 저마저 너무 큰 실망만을 안겨주었습니다. 여기에 저를 필요로 하는 분이 천만 명을 넘어섰다는 것은 한국 정치가 이래서는 안 된다는 것을 단적으로 보여준 예라 할 것입니다. 따라서 저는 오늘부터 은둔의 삶을 접고 제일 낙후된 한국 정치를 발전시키는 데 일조할 결심을 굳히고 이제 본격적인 행동에 나서려 합니다. 이에 따라 저는 새로운 정당을 창당해 기존 정치에 식상한 국민들에게 사이다와 같은 시원한 정치를 선보이려 합니다. 이에 저는 뜻을 같이하는 각계각층의 국민 모두를 같은 정당인으로 모시고자 하오니 많은 격려와 동참을 부탁드리는 바입니다. 이상으로 정치 입문에 대한 변을 마치겠습니다."

태호의 발언이 끝나자 여기저기에서 기자들의 질문이 쏟아졌다. 그중 태호의 가슴을 아프게 하면서도 해명하지 않을 수 없는 질문이 있었다.

"결국 재산 기부도 정치에 입문하기 위한 사전 공작 차원으로 선심을 베푼 것 아닙니까?"

"순수한 저의 뜻을 그렇게 오도한다면 할 말이 없습니다만, 세계 역사상 만 원짜리 하나 안 남기고 전 재산을 기부한 사람이 어디 있으며, 그것도 물경 5천조 원 이상을 기부한 사람이 있으면 나와보라 하십시오. 어찌 됐든 정 언론이 그렇게 몰아간다면 할 말이 없습니다만, 제가 볼 때 한국 정치가 더 이상 이래서는 안 되겠다는 생각에 정치에 입문하기로 했으니 저의 이 순수한 열정만큼은 깎아내리지 말기를 부탁드립니다."

"방금 전에도 회장님은 한국 정치가 이래서는 안 된다고 말씀하셨습니다. 그렇다면 회장님이 생각하는 정치는 무엇이며, 기존 정당의 정치인과 무엇이 다릅니까?"

"모든 정책이나 정치 행위를 당리당략이 아닌, 또 반대만을 위한 반대가 아닌, 오로지 국가와 국민만을 위해 정책을 제시하고 투표를 통해 이를 관철시키겠다는 것입니다."

"기존 정치인들도 입문 초기에는 다들 그렇게 말씀하셨습니다만 국회에 들어가고 나면 모든 정치인이 그 밥에 그 나물이었습니다. 이에 대해 어떻게 생각하십니까?"

"내가 주도해 만드는 정당은 분명 다르다는 것을 보여 드리겠습니다."

"새 정당을 만들겠다는 말씀이시군요?"

"그렇습니다. 기존 정치에 때가 묻은 사람들이 아닌, 사회 각계의 명망 있는 인사들을 모아 새로운 비전과 정당의 모습을 선보이겠습니다."

"우리의 당면 과제는 누가 뭐라 해도 아직도 해결되지 않고 있는, 아니, 점점 더 위기가 고조되고 있는 북핵 문제입니다. 이에 대해 회장님의 생각은 무엇이며 어떻게 대처하실 생각이십니까?"

"기본적으로 저는 우리 국민이 전쟁까지 각오하고 이 문제에 결사적으로 달려들어야 한다고 봅니다. 또 우리도 북이 핵을 포기하지 않는다면 핵무장 내지는 최소한 전략 무기를 한반도 내에 반입해 무력의 균형을 이루어야 한다고 봅니다. 그렇지만 대화의 문은 항상 열어놓아야 하며, 영유아나 임신부에 대한 지원 같은 경우 북한 정권과 분리해 그것이 반드시 모니터링이 된다는 전제 조건하에서 지원되어야 된다고 생각합니다."

"상당히 보수적이시군요."

"안보에는 보수와 진보로 편을 나눌 수 없다고 생각합니다. 오로지 우리의 생존 문제만 있을 뿐입니다."

"만약 회장님이 국회의원을 넘어 대통령에 당선되신다면 북핵에 대한 특별한 해법이 있을까요?"

"분명 있습니다. 그렇지만 기밀 유지상 이 자리에서 밝힐 수 없음이 매우 유감입니다. 저의 회장 재임 시 삼원그룹이 세계 정상이 되었고 제 개인도 세계 최고의 부호가 되었듯 제 비책에 의해 북핵 위가가 해소되고 더 나아가 활발한 남북 경협은 물론 연방제 통일의 기초를 놓고 싶습니다."

"회장님이 생각하시는 연방제 통일 방안이란 무엇을 말씀하시는 것입니까?"

"문자 그대로 1국 2체제로 느슨한 연방제에서부터 시작해 서로 믿음이 생기면 그때 가서는 전 민족의 자유 투표에 의한 통일 한국이 탄생할 수도 있겠지요."

"현실적으로 정치인은 많은 돈을 필요로 합니다. 그런 관점에서 보면 이 촌집 하나 남기고 전액 기부한 것이 후회되지 않습니까?"

태호가 만면에 웃음을 띠고 답했다.

"어느 기자가 말했듯 정치에는 돈이 많이 든다면서요? 그러니까 촌집 하나 남기고 전액 기부한 것이 역설적으로 제가 정치에 뜻이 없었다는 방증이 되겠군요. 그렇지 않습니까?"

"하하하!"

"호호호!"

태호의 농담 비슷한 말에 분위기가 한결 누그러졌다. 그런 분위기 속에서 태호가 계속해서 발언했다.

　"정당을 만드는 것부터 선거를 치르는 과정에서 많은 돈이 필요한 것은 사실입니다만, 저는 이를 국민 각 개인의 자발적인 모금 운동으로 충당하려 합니다. 저를 믿고 제가 만드는 정당에 대해 지지 의사가 계시는 분은 단돈 만 원이라도 십시일반으로 도와주신다면 저는 그 돈만으로 정당을 조직하고 깨끗한 선거를 치를 것입니다. 진정 한국도 돈이 안 드는 깨끗한 선거가 필요할 때가 아닌가 합니다."

　이 발언 후에도 기자들의 후속 질문이 계속 쏟아졌으나 태호는 손을 저어 이를 만류하며 말했다.

　"오늘은 여기까지만 합시다. 다음에도 할 이야기를 남겨두어야 여러분을 모실 수 있을 것 아닙니까?"

　"하하하!"

　"호호호!"

　태호의 가벼운 농담과 함께 그의 정치 입문에 즈음한 기자회견이 끝나고 기자들도 우르르 흩어져 갔다.

　그러나 몇몇 기자들은 끈질기게 남아 질문을 쏟아부었으나 태호는 그들의 질문 공세에도 유유히 비켜가며 단지 차나 식사 대접을 하는 것으로 그들의 미움을 피했다.

*　　　*　　　*

다음 날부터 태호는 정말 인터넷과 모바일에 '김태호 후원회'를 결성하고 그 후원회 산하에 모금 운동을 위한 계좌도 개설했다. 그리고 그는 자신과 함께할 정치 신인들을 모집하기 위해 동분서주하기 시작했다.

그 첫 번째 행보로 태호는 '한국을 위대하게'라는 슬로건 아래 창당될 가칭 '대한당(大韓黨)'의 사무총장감부터 섭외하기 시작했다. 즉, 오랜 세월 그를 보좌해 온, 지금은 삼원그룹의 회장이 된 전 비서실장 김병수였다.

이는 자신의 말을 실천하기 위한 '신선한 피 수혈'의 첫 행보였다. 태호가 이렇게 말할 수 있는 것은 전에 부회장이었다가 은퇴한 김종인 씨의 도움도 거절한 데서 그의 약속 이행 의지를 엿볼 수 있을 것이다.

참고로 전 부회장이었던 전 김재익 경제수석 역시 지금은 은퇴해 노후의 삶을 즐기고 있는 중이었다. 아무튼 설득 끝에 그를 임시 사무총장에 앉혀 실무를 관장케 한 태호는 그 다음부터는 명망 있는 교수나 사회운동가, 저명한 학자, 또 법관 출신으로 청렴하고 깨끗한 인물, 농부, 어부, 금융인, 언론인 등 정말 각계각층을 대변할 수 있는, 지금까지 전혀 정치와 무관한 인물들을 찾아 가칭 대한당으로 끌어들이는 데 진력했고, 그 결과 상당수가 그의 맑고 투명한 정치에 동조해 뜻을 함께하기로 했다.

그 결과 대한민국 제21대 국회의원 선거가 치러지는 2020년 4월 15일 한 달 전에는 전국 전 지역구에 걸쳐 한 명씩의 대한 당 후보를 낼 수 있었다. 물론 이때는 대한당이 창당되었음은 물론 기백만 명의 당원도 확보한 상태였다.

이런 속에 각 정당의 이해관계로 인해 정치 개혁은 하나도 이루어지지 않아 기존처럼 소선구제로 치러진 이번 선거는 또 한 번의 정치 돌풍을 예고하며 태호의 유세가 있는 곳은 구름 관중이 모여들기 시작했다.

이렇게 태호가 구름 관중을 몰고 다시며 정치 신인들을 위해 애쓰는 동안, 정작 자신이 출마한 지역구인 정치 1번지라는 종로에는 한 번도 들르지 못해 아내 효주와 딸 수연이 대신 선거운동을 열심히 하고 있었다. 이때는 박사 학위를 딴 아들도 귀국하여 한팔 거드는데, 세 명의 인기 또한 천정부지로 솟구치고 있었다.

효주야 인물이 뛰어난 것으로 본디부터 정평이 나 있는 데다 딸과 아들도 준수한 외모로 국민 며느리니 사위니 하며 언론에 자주 노출되니 태호로서는 저절로 선거운동이 되는 형국이었다.

이는 그들의 인물에만 국한된 관심이 아니라 수천 조의 상속을 포기한 이들의 결단도 한몫해 그들 모두 국회의원에 출마했다면 모두 당선될 정도로 인기몰이를 하고 있었다.

아무튼 이런 속에서 마침내 4월 15일이 되어 21대 국회의원을 선출하는 총선거가 실시되었다. 이날 아침 태호는 투표를 하기 위해 전셋집을 나왔다.

출마를 위해 옮긴 종로의 한 주택이었다. 이 전셋집도 둘째 남동생이 은혜를 갚는다고 얻어준 것이라 또 한 번 언론의 관심을 받은 적이 있었다. 아무튼 아들과 딸까지 함께 일가족 네 명이 투표를 마치고 나오자, 기다리고 있던 기자들의 많은 질문이 쏟아졌다.

"선거 일주일 전의 여론조사를 보면 대한당이 2/3 이상의 의석을 확보할 것으로 예상되는데 총재님의 생각은 어떻습니까?"

당연히 이 당시 태호는 대한당의 총재로 선출되어 있었고, 지도 체제는 집단이 아닌 단일 지도 체제였다.

"정치 혁명을 바라는 국민들의 염원이 제대로 반영된다면 2/3가 아닌 200석마저 넘길 것으로 저는 예상합니다."

"만약 정말로 그렇게 되면 깨끗한 정치, 국민을 위한 정치를 하시겠습니까?"

"물론입니다. 그런 신념이 없었다면 정치에 발을 들여놓지 않았을 것입니다."

이 외에도 많은 질문이 쏟아졌으나 태호는 더 이상의 답변은 정중히 사양하고 그 자리를 떠났다. 그리고 곧 태호는 가족 전부를 데리고 고향집으로 향했다. 이때 태호의 모습은 정말 누가 봐도 많이 지쳐 있었다.

매일 수십 차례의 연설로 인해 목은 쉴 대로 쉬었고 피부 또한 검게 타 있었다. 아무튼 차에 오르자마자 그대로 잠이 든 태호의 모습에서 그가 그동안 얼마나 선거운동에 열중했는지 알 수 있었다.

이 모습을 보는 효주의 눈에 눈물이 핑 도는 것을 보고 수연이 입바른 소리를 토해냈다.

"이 모든 게 아빠를 정치에 입문하지 못하게 말리지 못한 엄마의 책임인데 이제 와서 눈물을 흘리면 어떻게 해요?"

"그 고집을 어떻게 말려. 한번 결심하면 아무도 못 말려. 그런 고집이 있었기 때문에 생전 많은 성취를 이루었다고 생각하고 이번에도 단념했다."

"그러나저러나 200석을 넘길 수 있을까요?"

아들 영창의 물음에 효주가 답했다.

"저이의 예상이 200석을 넘긴다면 그렇게 되는 거야."

"쳇! 엄마는 꼭 사이비 교주 밑의 열혈 성도 같아."

수연의 말에도 효주는 노하지 않고 말했다.

"그렇기 때문에 행복할 수 있었지. 알아들었니? 평생 자기 관리에 철저하고 남을 배려할 줄 하는 사람이 너희 아빠야."

"아, 이건… 더 이상 말을 말아야지."

수연의 투덜거림에 영창이 말했다.

"진짜 아빠는 객관적으로 평가해도 존경할 점이 많은 분이시지."

"아이고, 그래도 우리 아들이 제 아빠를 알아주니 다행이다. 그런데 아들, 엄마는 어떻게 평가하고 있니?"

"아빠 못지않은 현부요, 욕심을 내려놓은 현명한 여자."

"우와! 이럴 때는 전 재산을 기부한 것이 한이다."

"어머니, 길러주시고 가르쳐 주신 것만 해도 저는 너무너무 감사하게 생각해요. 꼭 훌륭한 사람이 되어 두 분의 은혜에 보답할게요."

"내 아들이지만 정말 잘났다."

효주의 칭찬에 영창이 쑥스러운 웃음을 짓는 데 반해 수연은 뭐가 못마땅한지 그런 모자를 향해 입을 삐쭉거리고 있었다.

*   *   *

모든 투표가 끝난 오후 6시.

출구 조사 발표를 기다리며 대한당 여의도 당사에는 사무총장 김병수를 비롯한 수많은 예비 신랑과 당직자들이 자리를 메우고 있는데 태호는 이 자리에 없었다.

여전히 고향집에 머물며 가족과 함께하고 있는 것이다. 부모님은 물론 동생들 가족까지 모두 모인 가운데 마침내 출구 조사가 발표되기 시작했다.

"전 국민의 65.8%가 참여한 이번 총선의 출구 조사 결과를 발표하겠습니다. 먼저 대한당 지역구 201석, 비례대표 포함 228석."

"와아!"

순간적으로 대한당의 당사가 뒤집어질 정도의 함성이 울려 퍼지는 속에서 태호가 머물고 있는 부모님의 집에서도 역시 같은 현상이 벌어졌다.

출구 조사로 비례대표 포함 228석까지 예상하자 집안은 완전히 상찬(賞讚)으로 뒤덮인 잔칫집 분위기였다.

"여보, 고생 많이 하셨어요."

"우리 아들 장하다!"

"역시 우리 아빠가 최고야!"

효주와 어머니, 그리고 수연의 찬사가 한마디씩 쏟아지는 속에서 담담한 표정의 태호가 말했다.

"모두 심적으로나 육체적으로나 고생들 많았습니다. 아무래도 서울 당사로 올라가 봐야 할 것 같습니다."

"기껏 한다는 말이……."

알면서도 또 남에게 아빠를 빼앗긴 기분이 든 수연이 두덜거려도 태호는 곧 경호원들에게 상경 준비를 시켰다. 태호가 밖으로 나오자 이곳까지 찾아온 수많은 기자들이 있었다. 그중 어느 기자가 말했다.

"대승을 축하드립니다, 총재님!"

이에 태호가 만면에 웃음을 머금고 말했다.

"고맙습니다. 이번 총선은 정치 개혁을 바라는 국민들의 열망이 빚어놓은 일대 사건이 아닌가 합니다. 개혁을 바라는 국민들의 열망을 결코 외면하지 않고 성심성의를 다해 꼭 기대에 부응토록 하겠습니다. 자, 나머지 말은 서울 당사로 가서할 테니 같이 갈 분은 가시죠."

더 이상 기자들의 질문을 봉쇄한 태호가 승용차에 오르자 가족 모두가 따라 나와 그를 전송했다.

                    *   *   *

다음 날 오전 7시.

최종 개표가 완료된 이날 뉴스에서 각 정당의 의석수가 발표되고 있었다. 이 뉴스에 따르면 최종적으로 대한당은 전국 지역구 253곳 중 196명을 당선시켰으며, 정당명부제 기표에 의해 배분된 비례대표의원은 61.7%의 득표율로 총 47석 중 29석을 차지했다.

따라서 총 300명을 뽑는 제21대 국회의원 중 대한당은 총 225석을 차지해 2/3 의석이 훌쩍 넘는, 그야말로 압승을 거두었다.

이에 반해 민주당은 37석, 한국당은 23석, 국민의당은 9석, 정의당은 6석을 비례대표 포함해 당선시켜 그 입지가 그야말로 쪼그라들 대로 쪼그라들고 말았다.

각 언론의 보도 내용대로 압승을 거둔 대한당의 총재 태호는 절대 교만하게 굴지 않고 대통령의 만나자는 말을 뒤로한 채 우선 패장이 된 집권 여당을 필두로 각 정당을 순회하며 위로 겸 잘해보자는 메시지를 전했다.

＊   ＊   ＊

제21대 국회의 개원일인 2020년 5월 30일까지는 이제 딱 2주가 남았다.

그동안 태호는 당에 지시해 그간 국민들이 바랐지만 이루어지지 않은 사안부터 입법화하기로 하고 그 내용을 사안별로 정리하도록 했다.

그리고 원 구성 협상에서도 양보할 것은 가능한 양보해 시일을 끄는 일이 없도록 지시했다.

그로부터 5일 후.

위기를 느낀 문 대통령의 긴급 제안에 의해 이루어진 전격 회동이 오찬을 겸해 청와대 영빈관에서 열렸다.

이 자리에는 대한당의 부총재를 포함한 주요 당직자 오 인이 동석했다.

청와대 측에서는 비서실장, 정무수석, 여당 대표가 참석했다.

문 대통령이 다시 한번 축하의 인사를 건네는 것으로 회담이 시작되었다.

"총선 승리를 다시 한번 축하드립니다, 총재님!"

"감사합니다."

"이제 문자 그대로 거대 야당의 탄생으로 솔직히 남은 제임기가 걱정됩니다."

"걱정하실 것 하나 없습니다. 우리 당은 진정 국가와 국민만을 바라보고 법안에 찬성 및 반대 투표를 할 것입니다. 따라서 그 법안이 설사 우리 당에 절대 불리한 법안이라고 할지라도 법안 자체가 국민과 나라를 위하는 것이라면 분명히 찬성표를 던질 것입니다. 다시 한번 분명히 말하지만 우리의 판단 기준은 오직 나라의 장래와 국민뿐입니다."

"그렇게만 해주신다면 크게 걱정할 일은 아니로군요. 집권 여당이라고 나쁜 법안을 통과시키려 하지는 않을 테니까요."

"그렇게 되기를 바랍니다."

"개헌에 대해서는 어떤 생각을 갖고 계십니까?"

"그것도 국민이 기준입니다. 지금 여론은 4년 중임 대통령제를 가장 선호하지 않습니까?"

"그 부분은 여당과 입장이 같군요."

이때 추미애 대표가 끼어들었다.

"말씀을 들어보면 대한당은 여론에 왔다 갔다 하는 정당이 될 것 같은데, 국민 여론이라 해서 그것이 꼭 옳은 것만은 아니지 않습니까? 그때도 국민 여론에 따르겠습니까?"

"무엇이 진실로 나라와 국민을 위한 것인가가 선택 기준이 된다고 분명히 말씀드렸습니다. 아무리 많은 사람이 지지하는 법안이라도 방향이 잘못되었거나 옳지 않다고 생각한다면 우리 당의 소신을 발표하고, 민족과 나라의 장래를 위한 투표를 하게 될 것입니다."

"이제 그야말로 225석의 거대 정당의 출현으로 국회선진화법까지 무력화된 이 마당에 대한당을 제외한 각 정당은 솔직히 들러리에 지나지 않게 되었습니다. 대한당이 마음만 먹으면 대한당만으로도 모든 법률을 통과시킬 수 있게 되었으니까요. 따라서 대한당을 제외한 제 정당들이 무력감에 빠져 있는데 이에 대해서는 어떻게 생각하십니까?"

계속된 추 대표의 질문에 태호가 답했다.

"우리는 소수당이라 해도 절대 무시하지 않을 것이며 독선과 오만에 빠지지도 않을 것입니다. 법률 하나하나에 정성을 담아 협의를 하고 서로 수용할 수 있는 안이라면 받아들이도록 노력할 것입니다."

"천만다행입니다."

전병현 정무수석의 말에 태호는 빙긋 웃는 것으로 답을 대신했다.

그리고 태호는 분위기를 띄우기 위해 농담을 건넸다.

"금강산도 식후경이라는데 밥 먹고 합시다."

"하하하!"

"호호호!"

장내에 웃음이 잦아들자 문 대통령이 미소 띤 표정으로 말했다.

"오늘 총재님의 말씀을 들어보니 한결 마음이 놓입니다. 앞으로 여야가 잘 협조해 생산적인 국회가 되어주길 기대하겠습니다."

이에 대해 지금까지 말이 없던 대한당의 부총재 함승헌이 발언했다.

"우리가 추구하는 국회가 그런 국회입니다."

이 사람은 고매한 인품의 저명한 학자로 많은 국민으로부터 사랑과 존경을 받고 있는 70대 초반의 노학자였다.

"21대 국회가 잘되길 빕니다."

문 대통령의 이 말을 끝으로 식사가 나와 오찬 회동은 사실상 이것으로 끝난 것이나 마찬가지였다.

제7장
정치 입문 Ⅱ

2020년 5월 30일.

원 구성 협상을 마치고 마침내 4년 임기의 제21대 국회가 문을 열었다. 개원을 하자마자 전체 회의를 열어 사전 조율을 거친 대로 대한당에서 국회의장과 부의장을 각각 1명씩 추천했고, 민주당에서도 부의장 1명을 추천했다.

결과는 볼 것도 없이 원안대로 통과되어 국회의장에는 대한당 부총재인 함승헌 씨가 선출되었다. 그리고 부의장에는 대한당이 전부 초선인 관계로 법관 출신 김용상 씨가 선출되었고, 또 한 명은 6선의 원혜영 의원이 선출되었다.

그리고 각 상임위원장 선출도 이루어졌다. 20석 이상으로 원내 교섭단체를 이룬 민주당과 한국당에 각각 2명씩의 자리를 주었다. 물론 원 구성 협상에서 사전 조율을 거친 결과였다. 그리고 대한당은 1호 처리 법안으로 '국회선진화법 폐기'를 상정했다.

위헌 소지가 있으면서 국회를 식물 국회로 만드는 데 일등공신인 이 법률을 제1호 폐기 법률로 삼은 것은 너무나 당연했다.

선진화가 아닌 후진적인 이 법률은 과반 의석을 넘는 정당이 폐기를 주장하면 과반이 안 되는 당이 결사적으로 반대해 지금까지 존재해 온 것을 금번에 대한당 주도로 폐기하기로 한 것이다.

225석으로 사실상 대한당으로서는 전혀 이 법률에 구애받지 않고 모든 법안을 처리할 수 있었지만 다음 국회를 위해서라도 제일 먼저 폐기하기로 한 것이다. 또 대한당은 2호 법률안으로 '국회의원 특권 내려놓기'라는 법률안을 만들어 매번 말로만 내려놓겠다던 국회의원의 특권을 대부분 내려놓도록 했다.

약 200가지에 이르는 특권 중 기차 무료 승차권부터 시작해 항공 이용 시의 편의 제공과 가장 중요한 특권 중 하나인 국회의원의 회기 중 불체포 특권도 아예 없애 버렸다. 월급 및 각종 수당도 2/3로 축소하는 것은 물론 연금을 받는 기준도 상당히 엄격하게 만들었다.

그러나 면책특권만은 의원 각자의 소신 발언을 위해 남겨 두었다. 아무튼 이렇게 해서 총 폐지된 특권이 근 100개에 이르니 국민들의 박수갈채가 쏟아졌다. 또 대한당은 3호 법률안으로 속칭 '김영란법'을 수정 발의 했다.

이 수정 법률안 중 가장 눈에 띄는 대목은 지금까지 적용 대상에서 배제됐던 국회의원이 포함된 것이다. 그리고 몇몇 조항도 국민 편의를 위해 개정했다.

10만 원으로 묶인 경조사비는 그대로 두었지만 선물은 10만 원으로 상향 조정 했고, 식사대 또한 5만 원 이상으로 올렸다. 알 만한 사람은 다 안다. 부정한 놈들은 이런 코 묻은 돈은 손도 안 대고 수천만 원씩 처먹는 것을.

그런데 몇 만 원 가지고 선물을 하네 마네 하는 것은 농어민들을 위해서도 좋지 않고 미풍양속에도 반하는 것 같아 10만 원으로 올렸고, 식사대 또한 식사가 문제가 아니라 룸살롱이나 골프 접대가 문제지 이 정도는 용인할 수준이라 생각했기 때문에 과감히 상향 조정 한 것이다. 이에 식당들이 크게 반겼다.

이어 대한당은 20대 국회에서도 존재했지만 첨예한 이해의 대립으로 끝내 법안조차 만들지 못한 개헌특위도 재구성하기로 하고 이 또한 대한당과 타 연합당 동수로 만들었다.

이것을 시작으로 그동안 처리하지 못한 많은 법률안을 발의하여 차례로 처리하는 과정에서 이해가 엇갈리는 안건은 공청회도 개최하고 여론조사도 실시해 일반 시민이 상식적으로 판단했을 때 옳다고 생각되는 쪽으로 표결하도록 했다.

그러나 당론은 존재하지 않았다. 최고가 권고 수준이고 투표는 각자 소신껏 자신의 양심이 움직이는 대로 하도록 했다. 그래도 워낙 의원 수가 많으니 태호의 의사에 반해 부결되는 예는 한 건도 없었다.

이렇게 되니 진실로 생산적인 국회가 되어 국민들의 국회를 바라보는 시선이 180도 바뀌었다. 이는 당연히 대한당의 정당 지지도에 반영되어 매 조사 때마다 80% 이상의 지지율을 기록하는 등 국민들이 얼마나 속 시원해하는지 알 수 있었다.

*   *   *

2021년 11월 17일 수요일.

이날은 그간 국회가 여야 협상 끝에 마련한 개헌 헌법이 국회를 통과해 국민투표에 부쳐지는 날이었다.

이 개헌안의 중요 관심 사항은 역시 권력 형태로 4년 중임의 대통령제가 골간이었고, 국회의원선거법도 1선구에서 2명의 의원을 뽑는 중선구제로 수정되어 국민투표에 부쳐지게 되었다.

이 밖에 지방정부의 권한을 상당히 강화시킨 것이 특색이라면 특색인 이 법률안은 여야 타협의 산물이었다. 야당이 분권형 대통령제를 선호했지만 대한당에서 4년 중임 대통령제를 강력히 주창해 동의를 얻어내는 대신, 소선구제하에서 전멸 수준의 당선자를 낸 여타 당은 대한당을 최대 150석 내외로 묶을 수 있는 중선구제 및 비례대표제를 선물로 받았다.

즉, 지역구를 120개로 조정해 한 당에 한 명씩으로 입후보를 제한한 까닭에 대한당은 지역구에서 최대로 얻어도 120석밖에 얻을 수가 없게 되었다. 또한 비례대표제는 지난번과 같이 정당명부기표제를 도입해 국민 60%의 지지를 얻어야 36석을 얻을 수 있게 했다.

이렇게 되니 지역구마다 전부 당선이 되고 국민 중 60%가 지지해 준다고 가정해도 대한당은 총 156석의 의석밖에 얻을 수 없는 선거법에 동의한 것이다.

이는 다당제의 시발로 그야말로 어느 당이든 독주할 수 없고 협치를 통해서만이 의정이 순조롭게 진행될 수 있는 선거법 구조였다.

아무튼 이번 개헌법률안 및 국회의원선거법 개정은 전 국민의 72%가 투표에 참여해 67%의 지지로 정식 통과 되었다. 이렇게 되니 각 당은 내년 3월에 있을 대통령 선거 체제로 신속히 개편되기 시작했다.

이 개정된 법률안 부칙 조항에 따르면 내년, 즉 2022년 5월 9일 임기가 끝나는 19대 대통령의 임기를 감안해 그 2개월 전인 3월 9일 목요일에 제20대 대통령 선거를 치르게 되어 있었고, 이날 선출된 대통령은 신헌법의 적용을 받아 4년 임기에 중임을 허용하고 있었다.

따라서 내년 초봄의 대선을 위해서는 각 당은 미리 대통령 후보를 선출할 필요성이 있는 까닭에 곧바로 선거 체제로 전환하기 시작했다. 대통령 선출에 따른 선거 기간은 30일로 부칙에 명시되어 있었다.

또 대통령 후보 등록 기간은 선거일로부터 31일 전부터 2일 동안이며, 후보자는 중앙선관위에 기탁금 3억 원과 함께 등록 서류를 구비, 등록을 마치게끔 되어 있었다.

이런 이유로 최소한 2월 9일까지는 각 당의 대통령 후보가 선출되어야 하는데, 각 당마다 경선 과정을 거치자면 지금부터 후보 선출 체제로 전환하는 것이 시기적절하다 할 것이다.

아무튼 대한당도 당연히 대통령 후보 선출을 위한 경선 룰부터 만들기 위해 그 소위가 당 내에 구성되었고, 이를 만드는데 약 2주가 걸려 본격적인 후보 선출은 12월 1일부터 시작하게 되었다.

대한당의 등록 기간 역시 단 이틀. 그러나 총재 김태호 외에 아무도 등록하는 사람이 없어 당직자들의 깊은 우려를 자아냈다. 정치에서는 소위 컨벤션 효과라는 것이 있어 언론에 좀 노출되어야 하는데, 도저히 김태호에게는 대적할 수 없다고 판단한 대한당 모든 사람들이 등록을 않는 것이었다.

이렇게 되자 몇몇 당직자는 강제 차출까지 논의되었으나 그마저도 수포로 돌아가고 대한당은 중앙상임위를 열어 김태호를 제20대 대통령 후보로 만장일치로 통과시키는 진풍경을 연출해야 했다.

이렇게 되니 정책을 개발하는 데는 유리한 점이 있어 당 외곽에 존재하던 싱크탱크와 함께 공약 개발에 집중하며 남은 세월을 보냈다.

*　　　　　*　　　　　*

2022년 1월 말이 되자 각 당은 대통령 후보 선출을 완료했다. 가장 늦게 후보를 선출한 당은 민주당이었다. 이 당은 결선투표제를 도입한 탓에 1차에서 과반을 넘는 후보가 없어 결선투표까지 행했기 때문이다.

1차 투표에서는 지난 지방선거에서 또다시 충남지사에 당선된 안희정이 1등을 했으나, 40%대의 지지율에 머물러 결선투표 결과 현 경기지사인 이재명 씨가 후보로 선출되는 이변을 연출했다.

아무튼 이 외에도 한국당은 홍준표, 국민의당은 안철수 등이 재도전에 나섰고, 정의당은 야권 분열을 이유로 후보를 내지 않았다. 그런데 문제는 민주당 이재명 후보가 안철수 대표에게 야당 단일화를 주장하고 나서 둘 사이에 하니 못하니 하며 연일 설전이 벌어지고 있는 상태였다.

이런 속에 사전 여론조사에 의하면 계속 60% 이상의 지지율을 웃돌고 있는 대한당의 김태호 후보에게 제일 먼저 중견 언론인들의 모임인 관훈클럽에서 초청장을 보내 토론에 응해 줄 것을 청했다.

이에 김태호 후보가 응하니 2월 4일 오전 10시 정식으로 토론회가 개최되었다. 이날은 설을 쉰 지 이틀밖에 지나지 않은 날이었고, 절기상으로도 마침 봄으로 들어간다는 입춘(立春)이었다.

태호의 인기를 반영하듯 몇몇 방송사에서는 이를 생중계하고 나머지는 녹화를 하는 속에서 토론이 진행되었다. 제일 먼저 질문을 던진 사람은 요즘 잘나가고 있는 JTBC의 손석희 사장이었다.

"김 후보에 대한 국민들의 지지도가 상당히 높습니다만, 세계 제1의 부호로서 부의 정점에 있던 분이 이제는 정치권력까지 손에 넣으려는 것은 과한 욕심이 아닌지 묻고 싶고요, 또한 금수저 출신의 김 후보가 만약 대통령이 된다면 서민들의 고통을 헤아릴 수 있을지 걱정이 앞섭니다. 이에 대해 답변해 주시기 바랍니다."

"제가 한때 세계 제1의 부호였던 것은 맞습니다. 그러나 잘 아시다시피 이제 전 재산을 재단에 헌납한 관계로 당장 등록비 3억 원을 마련하기 위해 국민들로부터 후원을 받고 있는 실정입니다. 물론 당에 지급되는 국고 보조금도 있으나 저는 그 돈보다는 국민들이 보내주시는 후원금으로 등록하고 싶어 그렇게 하고 있습니다. 그리고 여기서 하나, 제 인생이 청년 시절부터 3시를 패스함으로써 화려해진 것은 맞습니다만, 본디 가난한 농부의 아들로 태어나 청년 시절까지는 무척 고생을 많이 했다는 사실입니다. 따라서 서민들의 고통을 누구보다도 잘 알고 있고, 이를 해결하기 위해 21대 국회에서 많은 입법 활동을 한 사실을 알아주시면 고맙겠습니다."

"조선일보의 김명석 주필입니다. 김 후보께서 만약 대통령이 되신다면 북핵 위기를 어떻게 극복할 것이며, 북한과의 관계를 어떻게 설정할지 궁금합니다. 또 하나, 만약 미국이 북한을 단독 선제공격하겠다고 하면 동의할 것인지 궁금합니다. 이에 대한 답변 주시기 바랍니다."

"저는 동의할 것입니다. 물론 사전에 한국도 충분한 공격과 방어 능력을 갖추어놓는다는 전제하에서입니다. 그리고 어느 때든 대화의 문은 항시 열어놓을 것이며, 북한의 취약 계층도 이 정권과 같이 지속적으로 지원해 나갈 것입니다."

"정말 미국의 공격을 용인한다면 전쟁이 일어나지 않겠습니까?"

"물론 전쟁이 일어날 수도 있고 각오하고 동의하는 것이죠. 그래도 우리의 압도적인 군사력으로 인해 그 피해는 경미할 것입니다. 아시다시피 우리 공군은 이미 F—35 스텔스전투기 120대를 구매해 실전 배치 해놓았고, 제가 국가에 헌납하기로 한 4단계 미사일 방어체제 또한 이미 헌납되어 10개 포대씩이 배치 완료 되었습니다. 여기에 제가 국가에 헌납하기로 한 K—35 스텔스전투기 120대 또한 금년 말까지 시기를 앞당겨 배치 완료 할 생각입니다. 뿐입니까? 원자력 핵 잠수함 9척도 연말이면 배치 완료 될 것이고, 군 정찰위성 또한 제가 헌납한 10개 외에 나라에서 배치한 6개 또한 배치되어 북한 전역을 손금 들여다보듯 하고 있습니다. 뿐만 아니라 탄두중량이 해제된 사거리 800㎞ 미사일 또한 수백 기가 이미 실전 배치 되어 적의 어떤 지하 벙커도 파괴할 능력을 갖췄습니다. 이런 압도적인 무력으로도 매일 한반도에서의 전쟁은 안 된다 외치니 김정은이 저렇게 기고만장해 핵을 포기하지 않고 버티는 것 아닙니까? 그러니 이제는 정말 김정은이 그렇게 나온다면 선

제공격을 통해서라도 해결할 각오를 해야 하고, 그런 마음가짐일 때만 김정은도 대화의 테이블로 나오리라 생각합니다."

"문제는 북한의 장사정포 아닙니까? 수도권 시민들이 적의 장사정포 사정권에 노출되어 있는 이상 수많은 인명 및 물질적 피해가 발생할 텐데, 이에 대한 제대로 된 대책을 세우지 않고서는 선제공격은 무모한 공격이라 생각합니다."

"제가 충분한 사전 준비를 한다는 데는 그 대책 또한 포함되어 있는 것입니다. 만약 적의 장사정포가 한 발이라도 우리나라로 넘어온다면 일단 아이언 돔으로 막고, 적의 장사정포는 물론 휴전선 일대를 그야말로 쑥대밭으로 만들 것입니다. 400기에 이르는 압도적인 공군 전력으로 휴전선 일대를 초토화시킬 수도 있고, 그전에 미국의 증원 전력 중 하나인 노스캐롤라이나주(州)에 있는 미 제18야전포병여단을 사전 증원 배치해 그들의 HIMARS(고속기동 포병로켓시스템) 및 한국의 다연장로켓 부대가 적의 포대를 일거에 궤멸시킬 수도 있을 것입니다."

여기서 태호가 말한 HIMARS는 6기를 동시 발사할 수 있는 다연장로켓으로, 사거리 300㎞의 지대지 미사일을 발사할 수 있어 북한 장사정포 등을 정밀 타격할 수 있는 시스템이다.

"북한의 핵 공격도 염두에 두어야 하지 않겠습니까?"

"물론입니다. 선제공격 시 적의 수뇌부 및 핵과 미사일이 제일 먼저 제거될 것이니 그때는 이미 공격 명령을 내릴 사람도 반격할 핵탄도 없을 것입니다."

"누가 말했듯 문제는 경제 아니겠습니까? 저성장, 날로 치솟는 실업률, 뾰족한 해법이 있습니까?"

"있습니다."

"네?"

질문한 KBS 보도국장이 의외의 답변이었는지 반사적으로 묻자, 태호가 확신에 찬 미소를 지으며 답했다.

"제 경제 해법 또한 북핵 위기와 맞닿아 있습니다만, 어떻게든 제 임기 중에 북핵 문제를 해결하고 남북 경협을 통해 돌파구를 마련하려 합니다. 즉, 그들의 저임금과 우리의 자본, 기술을 결합해 한 단계 더 도약의 발판을 마련하겠다는 것입니다."

"만약 북핵 문제가 해결되지 않는다면 그 또한 허구로 끝날 공산이 크군요."

"그러니까 제 임기 중에는 무슨 일이 있더라도 북핵 문제만은 반드시 해결하고 넘어갈 것입니다. 물론 가급적 평화적 수단을 선택할 것입니다."

"SBS의 이종문 국장입니다. 너무 무거운 질문만 드리는 것 같아 이번에는 가벼운 질문 하나 드리겠습니다. 혹시 요즘 지하철 요금이 얼마인지 아십니까? 또 현재 지갑에는 얼마의 돈이 들어 있는지요?"

"하하하! 솔직히 지하철을 근간에 탄 일이 없어 모르겠고요, 지갑에는 카드 한 장 있습니다. 이미 현금이 필요 없는 세상이 되지 않았습니까?"

"우문에 현답이로군요."

"한겨레의 오문호 편집국장입니다. 대통령이 되신다면 삼성의 이재용 부회장과 박근혜 전 대통령을 사면할 의사가 있는지요?"

"그때그때의 상황을 보아야겠습니다만 가급적 사면하는 쪽을 택하겠습니다. 그 이유는 박 전 대통령의 사면은 국민 화합 차원이고, 이 부회장은 투자를 선결 조건으로 사면하겠습니다."

"국민들의 저항에 부딪치지 않을까요?"

"모든 선택에는 항상 좋은 면만 있을 수 없습니다. 각오하고 해야죠. 다음 질문 해주시죠."

"MBC 보도국장 장경일입니다. 김 후보께서는 지금까지 소수 야당이라 얕보지 않고 그들과 잘 소통하며 정국을 잘 이끌어오셨습니다. 만약 김 후보께서 압도적인 지지율로 당선이 되서도 지금까지의 기조를 유지할 것인지 궁금합니다."

"당연히 그렇게 할 것입니다. 오만과 독선은 곧 자신의 눈을 찌르는 행위이니 절대 경계해야죠. 그런데 질문이 없어 한 가지는 제가 먼저 답변을 드리겠습니다. 즉, 문 대통령이 광화문 대통령이라 해서 대통령 집무실을 정부종합청사로 옮기셨는데, 저는 청와대를 다시 집무실로 사용하고 싶습니다. 물론 그렇게 하면 다시 소통 부재의 시대로 돌아가는 것이 아니냐고 걱정하시는 분도 계실 겁니다만, 지금까지의 제 행위를 미루어보아도 이는 기우임을 아실 것이고, 이전의 이유는 대통령은 일정의 권위가 있어야 된다고 생각하기 때문입니다. 물론 이에 대한 반론도 있을 수 있겠으나 제 생각은 그렇습니다. 다음 질문 하시죠."

"경향신문의 김아름 부장입니다. 우리 사회의 가장 큰 문제는 빈부 격차라 생각하는데, 이 문제에 대한 해결책이 있을까요?"

"빈부 격차 해소라?"

잠시 생각하던 태호가 답했다.

"옛말에 가난은 임금님도 어찌해 볼 수 없다는 말이 있습니다만, 제 생각은 그 해결의 첩경은 실업 문제 해결이 그 답이 아닌가 생각합니다. 직장이 없으면 당연히 가난할 수밖에 없으니 실업 해소에 최선을 다할 것입니다. 하지만 인위적인 선심 정책으로 이를 해결할 생각은 없습니다. 인위적인 선심 정책은 소경 제 닭 잡아먹는 식으로, 후대에 다 빚으로 남을 것이기 때문입니다. 따라서 저는 이 문제를 해결하려면 차라리 부자 증세를 통해 해결하겠습니다. 많이 가진 사람이 많이 내게 하는 대신, 기업하기 좋은 환경을 만들기 위해 법인세를 보다 낮추고 투자를 장려하겠습니다."

"그렇게 되면 세수 결손이 발생하지 않겠습니까? 그리고 또 하나, 노동의 유연성 문제가 항상 문제로 대두되어 왔습니다. 이 문제는 어떻게 접근할 것인지 묻고 싶습니다."

"부자 증세를 통해 법인세 인하 분은 보충할 것이고, 노동의 유연성 문제는 솔직히 제가 사업가 출신어서인지 몰라도 쉬운 해고를 허락하는 방법으로 접근하고 싶습니다. 물론 이렇게 되면 노동계의 반발이 예상되나 우리나라의 투자를 가로막는 큰 원인이 노동 문화의 경직성이기 때문입니다. 이 문제가 해결되지 않는 한 외국이나 국내 기업 모두 적극적인 투자에 나서지 않을 것이기 때문입니다. 따라서 이 문제를 해결하고 나면 국내외 자본의 많은 투자로 인해 최소 4%대의 경제 발전을 이룰 수 있다고 봅니다. 이렇게 됨으로써 청년 실업 문제가 상당히 완화될 것이고요. 물론 기득권층의 결사적인 반대로 인해 많은 어려움이 따를 것으로 예상되나, 한 번은 겪고 넘어가야 할 홍역이 아닌가 합니다."

"우수수 표 떨어지는 소리가 들리는 것 같군요."

"하하하! 그렇다 해도 제 생각에는 변함이 없습니다."

"솔직한 답변 감사드립니다."

"쉬운 질문 하나 드리죠. 김 후보님 내외분의 금슬이 유난히 좋은 것으로 세상에 알려져 있습니다. 특별한 비결이 있는지 알고 싶고요, 지금은 군에 가 있는 아드님이 경영권을 승계하고 나서겠다면 어떻게 하시겠습니까? 아, 저는 동아일보의 오경석 편집국장입니다."

"부부 금슬의 비결을 한마디로 정의한다면 상대에 대한 배려입니다. 상대를 먼저 생각하면 절대로 금슬이 나빠질 이유가 없습니다. 아들 문제는 그가 경영에 대한 비상한 자질이 있다면 모를까, 그렇지 않다면 여느 평범한 사람들처럼 사십대에 명예퇴직을 권고받지 않을까요?"

"하하하!"

"호호호!"

태호의 말에 장내에 웃음꽃이 피었으나 태호는 이를 기화로 끝맺기를 종용했다.

제8장
제20대 대통령 Ⅰ

"앞으로 TV 토론 등 여러 매체를 통해 제 생각을 알 수 있는 기회가 많은 것이니 오늘은 여기서 끝을 맺는 게 좋겠습니다."

"좋습니다. 장시간 토론에 임해주셔서 감사드리고요, 끝으로 국민께 드리고 싶은 말이 있으시면 한 말씀 하시죠."

"네. 매일매일 하루하루가 힘든 삶이시겠으나 제가 대통령이 된다면 누구의 말처럼 꼭 저녁이 있는 삶을 만들고 싶습니다. 국민 누구나 일자리를 갖고 그 소득을 통해 최소한의 여가는 즐기며 살 수 있는 세상을 꼭 만들어 드리고 싶습니다.

감사합니다. 국민 여러분, 사랑합니다!"

"하하하!"

"호호호!"

태호답지 않은 애교 공세에 장내 패널들의 웃음소리를 들으며 자리에서 일어난 그는 일일이 그들과 손을 잡는 것으로 관훈클럽 초청 토론회를 무난히 마쳤다.

그러나 태호가 당사로 돌아오니 노동의 유연성 발언이 문제가 되어 시끌벅적했다.

그렇지만 태호는 결코 뜻을 바꾸지 않아 당직자들을 한숨 짓게 했다.

*   *   *

여러 번의 TV 토론을 거쳐 선거를 1주일 앞둔 여론조사에서 태호의 지지율은 여론조사 기관마다 다르나 52~55% 사이를 기록하고 있었다.

60%를 웃돌던 지지율이 이렇게 추락한 것은 태호의 두 가지 발언이 진보 진영으로부터 이탈 표를 가져온 결과로 신문과 방송은 풀이하고 있었다.

그 하나는 전쟁 불사 발언이요, 둘째는 노동의 유연성을 허용하자는 발언이 일부 진보 성향의 지지자들이 등을 돌리는 계기를 만든 때문이다.

그렇지만 2위의 지지율이 23% 내외를 오르내리고 있어서 특별한 이변이 없는 한 태호의 당선은 거의 확실시되고 있었다.

아무튼 이런 속에서 세월은 빠르게 흘러 마침내 3월 9일 목요일 제20대 대통령을 뽑는 선거일이 다가왔다.

오전 6시부터 실시된 선거에서 태호는 8시쯤 효주와 딸 수연의 손을 잡고 주소지가 있는 종로의 한 투표소에서 투표를 끝내고 나왔다.

이미 투표를 하는 과정에서 투표용지를 들고 있는 장면을 연출해 달라는 기자들의 요구를 기꺼이 들어준 태호는 투표장 밖으로 나오자마자 또 한 무리의 기자들에게 에워싸였다.

요즘 정치부 기자는 인물을 보고 뽑는지 어느 예쁜 여기자가 녹음기를 들이대며 물었다.

"오늘의 선거 결과를 어떻게 예측하십니까?"

"당선 가능성을 묻는 것입니까?"

"네, 후보님."

"제가 되지 않을까 생각하는데 여러분의 생각은 어떻습니까?"

"몇 %의 득표율을 예상하십니까?"

"기왕이면 50%를 넘었으면 좋겠습니다."

"지금 어디로 가실 예정이십니까?"

"고향의 부모님을 찾아뵈러 가려 합니다. 너무 연로하셔서."

"효자라고 소문이 자자하시던데요."

"절대 그렇지 않습니다. 부모님의 은혜에 만분의 일도 보답을 못 해드렸습니다."

"장모님도 살아 계신 것으로 아는데요?"

"네. 90세지만 아직 정정하십니다."

"참으로 복 받으셨네요."

"가장 큰 복이라 생각합니다. 다음에 또 뵙겠습니다."

기자들의 질문이 더 이어질세라 태호는 곧 대기하고 있던 승용차에 올라탔다.

*   *   *

오후 6시.

전국 투표율이 78%로 잠정 집계된 가운데 대부분의 가정이 각 방송국에서 발표하는 출구 조사를 시청하기 위해 TV 앞에 모여 앉아 있었다.

이 풍경은 태호의 고향집도 마찬가지였고, 대한당은 주요 당직자는 물론 대부분의 국회의원들이 압승을 예상하고 당사로 출근해 이 발표를 기다리고 있었다. 마침내 6시가 되자마자 가상 스튜디오 앞에 선 KBS 아나운서의 멘트가 시작되었다.

"중앙선관위 발표에 따르면 오늘 실시된 제20대 대통령 선거는 78%의 전국 투표율로 잠정 집계 된 가운데 방송 3사에서 공동 조사 한 출구 조사 예측치를 발표하도록 하겠습니다. 먼저 대한당의 김태호 후보 55.3%."

"와아!"

그다음은 들을 것도 없다는 듯 대한당은 물론 태호 부모님의 집에서도 일제히 함성이 터져 나왔다.

이는 태호를 지지한 집집마다의 풍경이었고, 박수는 정신을 차린 후 한참 후에 쏟아져 나왔다.

"수고하셨소, 대통령님!"

어머니의 너스레에 태호가 멋쩍은 표정을 짓는 데 반해 함께 고생한 효주와 수연이 돌연 눈물을 쏟아내며 흐느끼기 시작했다. 이 바람에 분위기가 머쓱해졌다.

그러자 아버지가 한 말씀 하셨다.

"아가야, 오늘같이 기쁜 날 웬 눈물이냐?"

"너무 기뻐서요."

"그래도 그렇지, 그만 눈물 거두고 단단히 마음먹어라. 지금부터는 이 나라의 국모나 마찬가지이니 함부로 눈물 보이지 말고."

"네, 아버님."

이렇게 되어 효주의 눈물이 잦아드는데 태호의 휴대폰 벨이 연신 울어대기 시작했고, 밖에서는 기자들의 인터뷰 요청이 쇄도했다.

이에 태호는 휴대폰을 아예 꺼놓고 밖으로 나가 잠시 기자들의 질문에 답을 하고 돌아왔다.

그리고 밤 9시에 고향집을 떠나 여의도 당사에 도착한 시각이 밤 12시.

이때는 이미 대통령 당선이 확실시되었으므로 태호는 대국민 발표를 하고 그동안 고생한 당의 관계자들을 격려했다.

그리고 내일부터 본격적으로 인수위를 가동해 인수인계에 차질이 없도록 당부하고 자신은 다시 고향집으로 떠났다.

*   *   *

2022년 5월 10일 오전 10시 30분.

여의도 국회의사당 앞에서 대한민국 제20대 대통령의 취임식이 성대하게 열리고 있었다.

이 자리에는 재선에 성공한 트럼프에 의해 또다시 부통령으로 지명된 마이크 펜스 부통령을 비롯해 자민당법 개정으로 3선 연임에 성공한 아베 신조 일본 총리, 다음 대 중국의 1인자가 확실시되는 황태자 후춘화(胡春華), 러시아에서는 푸틴 대통령이 직접 참석해 자리를 빛내주고 있었다.

이 외에도 연임에 성공한 인도네시아 대통령 조코 위도도, 베트남 서열 1위 응우옌푸쫑 총서기, 이스라엘 총리, 터키 총리, 인도 총리, UAE의 국왕 등 셀 수 없이 많은 각국의 정상과 최고위급 인사들이 참석해 미국 대통령 취임식보다 더 화려한 면면이라고 취임식 전부터 연일 매체들이 보도하고 있었다.

아무튼 이토록 화려한 면면들이 단상에 줄지어 서 있는 가운데 곧 삼군 군악대의 우렁찬 팡파르와 함께 '대통령 찬가'가 일제히 연주되기 시작했다.

이에 한복을 곱게 차려입은 효주와 그녀의 손을 굳게 잡은 태호가 연미복 차림으로 등장해 참석자들의 우렁찬 박수갈채를 받았다.

곧 매머드 연합합창단의 대통령 찬가 합창이 일제히 장내에 울려 퍼지는 속에서 태호는 전임 문재인 대통령 부처와의 악수를 시작으로 국회의장과 대법원장, 또 세계 각국 정상과 일일이 악수를 나누는 것으로 한동안 시간을 보냈다.

곧 장내 아나운서의 멘트가 시작되었다.

"지금부터 제20대 김태호 대통령의 취임식을 거행하도록 하겠습니다. 먼저 국민의례가 있겠습니다."

곧 애국가 제창과 순국선열 및 호국영령에 대한 묵념이 이어졌고, 이어 국무총리의 식사가 한동안 이어졌다.

이것이 끝나자 비로소 이 취임식의 꽃이라 할 수 있는 대통령의 취임 선서 차례가 되었다.

"다음은 김태호 대통령님의 취임 선서가 있겠습니다."

사회자의 말에 따라 연단 앞에 등단한 태호는 곧 한 손을 반쯤 들고 선서를 하기 시작했다.

"나는 헌법을 준수하고 국가를 보위하며 조국의 평화적 통일과 국민의 자유와 복리의 증진 및 민족문화의 창달에 노력하여 대통령으로서의 직책을 성실히 수행할 것을 국민 앞에 엄숙히 선서합니다."

그의 선서가 끝나자마자 비둘기들이 하늘 높이 비상하고 온갖 색깔의 화려한 풍선 또한 하늘 높이 날아오르기 시작했다.

또한 21발의 예포가 계속해서 발사되기 시작했다.

이어 축가 차례가 되어 '동방의 아침 나라'라는 곡을 조수미와 연합 합창단이 불렀고, 이것이 끝나자 취임식의 하이라이트라 할 수 있는 대통령의 취임사가 시작되었다.

"사랑하는 국민 여러분, 조금 전 취임 선서에서 저는 분명히 국가를 보위하겠다는 선서를 행했습니다. 그런데 이 국가 보위가 핵무장한 집단이 있기 때문에 결코 쉽지 않다는 것을 저는 너무나 잘 알고 있습니다. 따라서 저는 만약 국제사회가 북한의 핵을 포기시키지 못한다면 우리도 선거 내내 말씀드린 바와 같이 핵무장을 하거나 최소한 전술핵무기를 한반도 내에 배치해 공포의 핵 균형을 이루도록 하겠습니다. 그런 속에서 저는 북한을 대화 상대로 이끌어 그때부터 남북의 공존공영을 모색하겠습니다."

이렇게 시작된 김태호 대통령의 취임식이 끝나자마자 세계 유수의 언론들은 '한국 신임 대통령 핵무장론 제기'라는 타이틀로 연신 기사를 쏟아내기 시작했다.

그러나 태호는 이를 아는지 모르는지 어제에 이어 오늘도 취임식에 참석한 세계 각국 정상들과 청와대 영빈관에서 단독 및 확대 정상회담을 갖기에 분주했다.

*　　　　*　　　　*

진보, 보수 가릴 것 없이 능력과 참신성을 갖춘 인재들이 각 부 장관 및 청와대에 포진되어 국회 청문회를 기다리고 있었다.

그러나 이번 청문회는 사전에 검증을 철저히 한 탓인지, 아니면 거대 여당 때문인지 몰라도 한 명의 낙오자도 없이 전원 지명대로 장관에 임명되었다.

이렇게 정식으로 내각의 진용이 갖춰지자 태호는 제일 먼저 한반도 주변 4강과의 정상회담을 추진하도록 주문하고 과감한 규제 개혁 또한 주문했다.

역대 정부마다 규제 개혁을 설파했지만 용두사미에 그친 것을 태호는 정말 국민들의 피부에 와 닿을 수 있도록 과감히 손보기로 하고 임기 초반부터 달려들고 있는 것이다.

아무튼 이런 속에서 태호는 바로 이튿날부터 지금은 군소 정당으로 전락한 민주, 한국, 국민, 정의당 당사를 차례로 순방해 협조를 당부했다.

그리고 문 대통령 정권 때 신설된 공수처를 방문해 고위 공직자들의 비리를 발본색원하도록 특별 당부했다.

정권이 바뀔 때마다 되풀이되는 것이지만 해이해진 공무원들의 기강을 바로잡기 위해서라도 사정 정국이 필요하다고 본 태호는 그런 조치를 취한 다음 날에는 한미연합사를 방문해 방위 태세를 점검하고 장병들을 격려했다.

바로 이어 합참도 방문해 굳건한 방위 태세 유지와 함께 군기강을 바로 세우도록 특별 주문 했다.

그리고 사흘째 되는 날.

이날 태호는 여느 날과 달리 아무런 일정을 잡지 않고 효주의 손을 잡고 청와대 경내를 산책하고 있었다.

그가 선거 기간 동안 공약한 대로 그는 문 대통령과 달리 청와대에 입주해 모든 업무를 보고 있었다.

아무튼 이렇게 한동안 청와대 경내 잔디밭을 산책하던 태호가 불쑥 찾은 곳은 '위민관'이라 불리는 청와대 비서동이었다.

수석과 비서관, 행정관들이 근무하는 곳이다.

그곳에서 태호는 그곳에 걸린 자신의 사진을 보고 너무 젊게 나왔다는 등 너스레를 떨고 이내 새로운 지시를 내렸다. 대통령이 비서실과 유리되어 있으면 안 되니 함께 근무할 수 있는 방안을 강구하라는 지시였다.

곧 비서관을 통해 비서실장으로 발탁된 김병수를 부르도록 한 태호는 이내 다시 잔디밭을 향해 걸어갔다. 머지않아 김병수가 빠른 걸음으로 걸어오자 시계를 보며 물었다.

"확인 전화는 했소?"

"네, 오전 8시 정각에 출발하셨다니 10분 내로 도착하지 않을까 생각합니다. 장모님 역시 시각을 맞추라 했으니 곧 당도하실 겁니다."

"알았으니 가서 일보되 비서진이 한 건물 내에 위치할 수 있도록 방법을 강구해 보세요."

"알겠습니다, 대통령님."

그가 물러가고 나서 채 5분도 되지 않아 경내로 미끄러져 들어오는 여러 대의 차량이 있었다.

곧 경호원들이 선두 차량에서 뛰어내리는 것 같더니 이제 지팡이를 짚어도 걸음걸이가 불편한 92세의 아버지와 90세의 어머니를 모시고 천천히 걸어왔다.

뒤이어 또 여러 대의 차량이 도착하더니 그 차 안에서는 장모 박 여사가 휠체어에 실려 오고 있었다.

5년 전 양 무릎 수술을 받았지만 별 효과를 보지 못하고 그 이후로는 휠체어 신세를 지고 있는 장모였다.

아무튼 세 분을 맞은 태호는 손수 장모가 탄 휠체어를 밀며 청와대 경내를 구경시켜 드렸고, 아버지는 효주가 부축해 어렵사리 청와대 구경을 시켜 드렸다.

그런 와중에 장모 박 여사가 뒤를 돌아보며 말했다.

"돌아가신 회장님도 함께했더라면 좋았을 것을 하는 생각이 드네."

"저도 마침 장인어른을 생각하고 있었는데, 참으로 안타깝습니다."

"그래도 복 많은 분이야. 사람 보는 눈이 있어 자네 같은 사위를 보았으니 저세상에서도 아주 흡족해하실 거야."

"저는 그보다도 회장님을 생각하면 약속을 지키지 못한 것이 못내 미안할 따름입니다."

"무슨 약속?"

"장모님을 모시고 산다는 약속 말입니다."

"그야 내가 거절한 것이니 약속을 어겼다고 할 수도 없지."

"지금이라도 청와대에 들어와 사시는 게 어떻습니까?"

"일없네. 왜 번거로움을 자초하는가? 이래저래 바쁜 사위에게 폐 끼치기도 싫고."

"제 생각은 말고……."

"그만하시게. 번거로운 것은 딱 질색이야."

"그래야 장모님 집이라도 어떻게 제가 차지……."

"호호호! 아니래도 빈털터리인 자네에게 물려줄 생각이었네. 두 사위 모두 떵떵거리며 잘사는데 자네만 빈털터리이니 어찌하겠나?"

"농담이었습니다, 농담."

"나는 진담일세."

이때였다. 나란히 걷던 어머니가 끼어들었다.

"대통령 아들, 우리 보고는 함께 살자고도 안 하냐?"

"거절하실 게 뻔한데……."

"그래도 권해는 봐야지."

"함께 사시겠습니까?"

"호호호! 대통령 아들이 떠나니 이제 막내가 모시고 산다니 거절하겠습니다, 대통령님!"

"승호가요?"

"그럼. 그놈도 정년퇴직하고 빈둥빈둥 논다고 하기에 들어와 농사나 지으라 했지."

막내 승호는 끝까지 경찰로 재직해 여느 일반 경찰과 마찬 가지로 무궁화 두 개로 정년퇴직한 상태였다.

"잘됐군요."

"따라서 우리가 짓는 농토는 막내 차지가 되는 거야."

"그렇게 하세요. 저는 강의료만 가지고도 충분히 먹고살 수 있으니까요."

"나는 장남에게 물려줄 거야. 봉제사를 지낼 놈에게 물려줘 야지."

아버지의 말에 어머니가 한탄조로 말했다.

"세계 제일 부자이던 사람이 어쩌다 상속을 다투는 사람이 되었나?"

"저는 진짜 꿈에도 그런 생각 없습니다. 그런 줄 알고 가시 죠. 점심이 준비되어 있을 겁니다."

이렇게 하루를 함께 보내고 다음 날 세 분을 떠나보내는 태호는 가슴이 미어졌다.

세월 앞에 장사 없다더니 이제는 모두 몰라보게 쇠약해져 얼마나 더 사실까 걱정되었기 때문이다.

　　　　*　　　　　*　　　　　*

　김태호가 대통령으로 취임한 지 정확히 한 달여가 흐른 2022년 6월 15일 수요일. 태호는 돌연 미국, 중국 및 한반도 주변 4강 순방길에 올랐다.

　물론 그동안 사전 조율을 했고, 이제는 영부인이 된 효주는 물론 관계 장관과 기업인들도 동행했다.

　아무튼 국빈급 예우를 받으며 방미 이틀째를 맞은 태호는 곧 재선에 성공한 트럼프와 단독 정상회담에 돌입했다.

　이 자리에는 관례로 참석하던 통역도 배제시킨 진정 단둘만의 비밀 회동이었다.

　회담에 임하기 전 관례대로 기자들에게 악수하는 장면 등을 연출하고 덕담을 주고받는 장면들을 공개한 둘은 비밀 회동이 시작되자마자 누가 들을세라 말소리가 작아졌다.

　"지금까지 우리는 북한에 대해 경제 봉쇄에 가까운 압박을 가하고 군사 옵션까지 거론했으나 북한을 틀어쥔 자는 미동도 않고 버티고 있습니다. 따라서 레짐 체인지를 하든지, 아니면 그들의 핵을 인정하고 동결 협상에 임해 이 지루한 치킨게임을 끝내야 할 것입니다. 물론 저들의 핵을 인정하게 되면 우리 또한 핵무장을 용인하거나 최소한 전술핵무기를 남한 내에 배치해 나토식 핵 공유 운용 방식을 통해 우리도 일부 핵 사용 권한을 갖게 되어야 할 것입니다."

"나는 친구의 말 중 레짐 체인지 대목에 그 어느 것보다 관심이 있습니다. 이 문제를 진지하게 한번 논의해 봅시다."

곧 둘은 누가 들을세라 거의 붙어 앉다시피 해 이 문제를 한동안 논의했다. 그리고 태호가 물었다.

"만약 이 작전이 실패하면 선제 타격 운운하지 말고 차라리 이제는 핵 동결 협상으로 넘어갑시다. 대신 한국을 핵무장시켜 주거나 최소한 전술핵은 한반도 내에 배치되어야 합니다."

"요즘 못 본 사이 어째 친구의 간이 작아진 것 같소. 우리와 한국의 막강한 무력으로 북한을 공격한다면 한국의 통일도 막연하지만은 않을 것인데 말이오."

"흐흠, 그 과정에서 죽어나갈 일부 한국 국민과 북한의 죄 없는 백성들은 어찌합니까?"

"정말 친구의 간이 작아졌군. 한국에 대해서는 최대한 안전 조치를 강구한 뒤 적의 지휘부나 핵 및 미사일만 정밀 타격하는 것으로 끝내면 민간인의 큰 피해 없이도 한국은 통일을 이룰 수 있을 것이오. 물론 당신들이 걱정하는 장사정포나 만약의 경우를 대비한 북한의 발악, 즉 핵 공격에 대해서도 충분한 대비를 먼저 갖춰야겠지요. 이게 아니고 핵 동결로 나아가면 우리가 매우 골치가 아프게 되오. 당신들처럼 일본이나 대만도 핵무장을 하겠다고 들썩일 테니 이는 곧 핵 도미노로 이어진단 말이오."

"만약 중국이 개입한다면?"

"우리가 최대한 막을 것이고, 당신도 친분이 있으니 최대한 막으시오. 그래도 개입하려 든다면 그들과 전쟁도 불사하겠다는 각오를 나는 틀림없이 시진핑에게 피력할 것이니 그들도 함부로 개입할 수는 없을 것이오."

"우리에게 족쇄나 다름없는 미사일 지침이나 원자력 협정을 완전히 폐기하는 것은 어떻소? 솔직히 일본의 재무장을 허용하면서 우리에게는 이런저런 족쇄를 채워놓은 것이 나로서는 몹시 못마땅하오."

"흐흠……."

침음하며 고심하던 트럼프가 입을 떼었다.

"당신이 솔직히 말하니 나도 솔직히 말하겠소."

이렇게 운을 뗀 그의 말이 장황하게 이어졌다.

"우리의 원래 계획은 일본을 아예 약소국가로 만들려 했소. 그러나 한국전쟁 시 병참기지로서 일본이 필요하기 시작하면서 어긋나기 시작하더니 이제는 중국이 발호하니 그들의 견제를 위해서라도 일본을 재무장시켜야 했소. 그 점 양해하시고 원자력협정의 폐기는 핵무기 개발로 이어지기 때문에 폐기하기 어렵더라도 미사일 지침만은 금번에 완전히 폐기하는 것으로 합시다."

"고맙소이다."

곧 둘은 경제 문제로 넘어가 이에 대해 논의하기 시작했다. 그 결과 지금까지 끝내지 못한 FTA 재협상에서 한국이 자동차와 철강 문제에 일정 부분 양보하는 대신, 미국은 달러에 대한 원화의 약세를 일정 부분 인정함으로써 수출 및 여타 경제 정책 운용을 하는 데 있어서 한결 여유를 갖게 되었다.

이렇게 주요 의제에 대한 협상이 끝나자 양인은 확대 정상회담으로 넘어가 관계 장관들을 참석시킨 가운데 둘이 나눈 이야기를 가지고 보다 구체적인 대화를 나누었다.

이렇게 주요 일정을 끝낸 태호는 동포 간담회라든가 의회 지도자들을 만나는 것으로 3박 4일의 일정을 끝내고 이번에는 곧바로 북경으로 날아갔다.

중국에서도 국빈급 예우를 받으며 하루를 보낸 태호는 다음 날 인민대회당에서 시진핑 주석과 마주 앉아 단독 정상회담을 가졌다.

물론 둘의 대화가 통하지 않으니 두 명의 여자 통역원이 배석한 가운데 양인은 대화를 나누기 시작했다.

"오랜 친우로서 대통령 취임을 진심으로 축하드리는 바이오."

"감사합니다."

태호는 간단하게 고마움을 표시하며 그와의 옛 추억을 떠올렸다.

그와는 그가 1999~2002년까지 3년 동안 복건성 성장을 할 때부터 사업차 만나 그 후에도 그와는 아주 친밀하게 지냈다.

이는 그가 훗날 국가 주석이 될 것을 아는 까닭에 그에 대한 태호의 태도가 각별한 바 있었기 때문이다. 즉, 그가 부임하는 곳마다 투자해 그의 환심을 산 것이다.

그가 복건성 성장일 때는 물론 그 후 광동성 성장일 때도 그곳에 전자제품 공장이라든지 호텔, 여타 사업 등 여러 분야를 쫓아다니며 투자한 덕분에 둘 사이는 더욱 돈독해질 수밖에 없었던 것이다.

아무튼 그의 축하 인사에 고마움을 표시한 태호가 먼저 입을 떼었다.

"우리의 당면 현안으로는 뭐니 뭐니 해도 북한의 핵 문제를 빼놓고는 이야기할 수 없을 것입니다."

"그렇지요."

"나는 더 이상 북핵 문제로 세월을 낭비하고 싶지 않습니다. 따라서 나와 트럼프 대통령은 북한의 정권을 교체시키려합니다. 이 부분에 대해 주석님과 중국민의 양해를 부탁드리는 바입니다."

"흠흠……!"

고심하는 척하던 시진핑이 물었다.

"어떤 방법으로 하려 하오?"

"방법이야 무수히 많습니다. 따라서 여러 옵션을 올려놓고 적절한 방법을 선택할 것입니다."

"흠흠……!"

침음하며 또 한 번 고심하는 척하던 시진핑이 굳은 얼굴로 단안을 내리듯 말했다.

"좋소. 우리도 북핵 문제로 더 이상 골머리를 앓고 싶지 않소. 그런데 문제는 만약의 경우 실패할 때요. 그때는 전쟁으로 비화되는 것이 아니오?"

"그를 제거하려 할 때는 이미 전쟁에 대한 만반을 준비를 갖췄다고 봐야지요. 따라서 실패했다고 생각할 때는 곧바로 북한 전역에 대한 타격에 들어가 핵 시설 및 미사일 등 북한의 주요 시설을 완전 파괴할 수밖에 없을 것입니다."

"그 말에는 동의할 수 없습니다."

"네?"

"그 말은 곧 무력으로 한국 주도의 통일을 하겠다는 말 아니오?"

"결과적으로는 그렇게 되겠지요."

"그렇게 되면 우리는 미국과 국경을 맞대게 되니 틀림없이 양국의 우호에 금이 갈 것이오."

"만약 한국 주도의 통일이 된다면 나는 주한미군을 철수시키려 합니다."

"정말이오?"

"더 이상 한국 땅에 미군이 주둔할 이유가 없지 않습니까?"

"그야 그렇습니다만, 미국이 세계 전략 차원에서 한국 주둔미군을 철수시키려 할지 의문이오. 즉, 우리를 견제하기 위해서라도 저들은 주한미군을 계속 주둔시키고 싶어 할 텐데, 그때는 어찌하겠소?"

"그 문제는 걱정할 게 없습니다. 우리가 필요 없다는데 미국도 더 이상 한국 땅에 주둔할 명분이 없지 않습니까?"

"그야 그렇습니다만, 각하의 결심이 확고한지가 관건입니다."

"관철할 것입니다."

"믿겠습니다. 양국은 그동안 모든 면에서 괄목할 만한 발전을 이룩했습니다. 하지만 아쉬운 점도 있습니다. 한국이 미국의 눈치를 보느라 우리의 일대일로(一帶一路) 정책에 소극적으로 참여한 점입니다. 이제 각하께서 한국의 대통령이 되셨으니 좀 더 적극적으로 이 문제에 접근해 주셨으면 좋겠습니다."

"원하던 바입니다."

"네?"

"한반도가 통일되면 더 이상 미국의 눈치를 볼 일이 없을 것입니다. 따라서 신속히 북한 철도를 현대화하여 귀국의 동북삼성과 연결하면 이것이 곧 일대(一帶)의 한 축이 되는 것 아니겠습니까?"

"그렇습니다."

여기서 이해를 돕기 위해 시진핑이 말한 일대일로에 대해 살펴보면 다음과 같다.

그들이 말하는 일대일로는 중앙아시아와 유럽을 잇는 육상 실크로드와 동남아시아와 유럽, 아프리카를 연결하는 해상 실크로드를 뜻하는 말로, 시진핑(習近平) 주석이 2013년 9~10월 중앙아시아 및 동남아시아 순방에서 처음 제시한 전략이다.

중국이 태평양 쪽의 미국을 피해 육상 실크로드는 서쪽, 해상 실크로드는 남쪽으로 확대하기 위하여 600년 전 명나라 정화(鄭和)의 남해 원정대가 개척한 남중국—인도양—아프리카를 잇는 바닷길을 장악하는 것이 목표이다.

일대일로가 구축되면 중국을 중심으로 육, 해상 실크로드 주변의 60여 개 국을 포함한 거대 경제권이 구성되며, 유라시아 대륙에서부터 아프리카 해양에 이르기까지 60여 개의 국가, 국제기구가 참가해 고속 철도망을 통해 중앙아시아, 유럽, 아프리카를 연결하고 대규모 물류 허브 건설, 에너지 기반 시설 연결, 참여국 간의 투자 보증 및 통화 스와프 확대 등의 금융 일체화를 목표로 하는 네트워크를 건설하겠다는 계획이다.

이 일대일로 구축으로 중국은 안정적 자원 운송로를 확보할 수 있게 되고, 이는 경제 성장까지 이어질 것으로 보인다. 중국의 과잉 생산을 해소하는 방안이 되고 건설 수요 급증으로 지역 간 균형적 발전을 이룰 수 있다.

또 중국이 세계 최대 규모인 외환 보유액을 효과적으로 활용할 수 있는 방안으로 분석되고도 있다.

이는 중국이 중심이 되고 주변국으로 뻗어나가는 형태의 일대일로 전략이 중화주의(中華主義)의 부활이 아니냐는 우려가 높아지고 있다.

이에 오바마 미국 대통령은 아시아 재균형정책(미국 주도로 아시아 태평양 지역을 군사적·경제적으로 묶는 전략)을 채택하여 대립각을 세우니, 아시아 지역에 대한 두 국가의 주도권 경쟁이 갈수록 치열해지고 있는 상태였다.

아무튼 회담은 계속되고 있었고, 이번에 먼저 입을 뗀 사람은 한국 대통령 김태호였다.

"이제 제가 주석님께 몇 가지 부탁을 드리겠습니다. 한류에 각별한 관심을 가져주시고 관광객 또한 보다 많이 한국으로 갈 수 있도록 제반 편의를 부탁드리겠습니다."

"그렇게 하도록 하겠습니다. 그러기 위해서는 한국도 같은 조치를 취해 서로 승자가 되도록 합시다."

"물론입니다."

이렇게 둘은 단독 정상회담을 끝냈다.

그런데 그 시간이 애초 예정 시간인 한 시간보다 무려 20분이나 단축되는 바람에 양국의 이견이 많이 노출된 냉랭한 회담이 되지 않았을까 하고 대부분의 언론이 억측을 하게 되었다.

제9장
제20대 대통령 Ⅱ

다음 순방국으로 태호는 러시아를 찾았다. 푸틴 또한 오랜 친구로서 한국 대통령이 된 태호를 따뜻하게 영접했다. 푸틴이 1990년부터 1996년까지 상트페테르부르크 대표자 회의 의장의 보좌관과 상트페테르부르크시 해외위원회 위원장 등을 역임할 때부터 다져온 친교이므로 대접이 극진할 수밖에 없었다.

그 밖에 다른 이유로는 아직도 삼원그룹이 가즈프롬의 지분 25%를 소유하고 있기 때문이다. 한때는 45%에 육박하는 지분을 갖고 있기도 했지만 주가가 정점을 찍을 때 일부 판

때문에 지금은 지분이 1/4만 소유하고 있었다.

아무튼 이런저런 이유로 지각 대장 푸틴이지만 태호와의 정상회담에서는 10분 먼저 나와 기다리는 성의를 보여주었다.

참고로 푸틴 러시아 대통령의 집권 통합러시아당은 2016년 9월 18일 실시된 총선에서 개헌선을 크게 뛰어넘는 대승을 거뒀다.

통합러시아당이 전체 하원(두마) 의석 450석 중 개헌선인 300석을 훨씬 뛰어넘는 343석을 얻음으로써 그는 다시 헌법을 개정해 2018년 3선 출마를 단행, 6년 임기의 대통령직에 다시 올라 오늘 태호와 회담을 갖게 된 것이다. 아무튼 양 정상이 마주하자 푸틴이 먼저 축하 인사를 건넸다.

"다시 한번 대통령이 되신 것을 축하드립니다."

"한국 땅까지 찾아와 취임식에 참석해 주셔서 더욱 자리가 빛날 수 있었습니다."

곧 둘의 실질적인 정상회담이 진행되었고, 그와의 대화 내용은 주로 경제 협력 분야에 집중되었다. 지금까지 말의 성찬에 지나지 않던 북한 땅을 경유한 가스관 공사 사업, 철도의 현대화를 통한 유럽 노선 개발에 따른 문제, 시베리아 자원 및 인프라 건설 등에 한국 기업의 참여 문제가 주 의제로 올라 이에 대한 실직적인 성과를 이끌어냈다.

이렇게 3박 4일을 러시아에서 머문 태호는 곧바로 일본 동경으로 날아갔다. 그곳에서 태호는 아베 신조 일본 총리와 북핵 및 경제 협력 분야에 대한 논의를 했다.

북핵은 태호가 북한 공격을 언급하지 않는 바람에 압박을 가속화한다는 등 형식적 합의에 그치고 경제 협력 분야에 대해 집중적인 논의를 벌였다. 양국의 통화 스와프 문제를 거론하여 1천억 달러의 통화 스와프를 체결하기로 했다.

우리나라는 2001년 7월 일본과 처음 통화 스와프를 맺었으나 2012년 과거사, 독도 문제 등의 외교적 갈등으로 한일 관계가 악화되면서 규모가 줄었고, 2015년 2월 23일 계약이 만료되면서 완전 종료 됐다.

이후 2016년 8월 우리나라가 브렉시트, 미 금리 인상 등을 이유로 일본 정부에 통화 스와프를 제안했으나, 2017년 1월 일본 정부는 부산 주한 일본총영사관 앞의 소녀상 건립을 이유로 일방적인 협상 중단을 발표했다.

이후 문재인 정부에 들어서서 재개를 논의했으나 일본의 미온적 태도로 미결로 남아 있던 것을 종전 300억 달러 규모에서 금번에는 1천억 달러로 크게 증액시킨 것이다.

이 밖에 양 정상은 한일 위안부 문제, 독도 영유권 분쟁 등 현안이 되는 과거사 문제는 서로의 이견을 인정하는 선에서 당분간 거론 않기로 하고 양국의 경제 협력을 대폭 강화하기로 했다.

이 밖에 양국 기업인들의 제3국에 대한 자원·인프라 투자 공동 진출을 확대하는 것에 공감대를 형성하고 문화, 청소년 교류, 한국 청년의 일본 진출 등도 지원하기로 했다.

또 태호는 한일경제인회의, 한국 진출 일본 기업인 등을 만나 그들의 건의 사항 및 애로 사항을 청취하고 이에 대한 해결 및 지원을 아끼지 않겠다는 답변을 했다.

이렇게 이틀째 일정을 밤늦게까지 소화하고 다음 날 태호는 평소의 습관대로 새벽 일찍 일어나 오늘 일본 중의원에서의 연설 일정을 감안해 원고를 읽어보고 있는데 아침부터 자신의 휴대폰 벨이 울었다.

연로한 부모를 모시고 사는 사람은 알 수 있는 일이지만 한밤중이나 새벽 일찍 전화가 오면 왠지 섬뜩한 기분이 들며 기분이 좋지 않은 게 상례이다. 오늘 또한 그런 기분이 들었지만 태호는 계속 원고를 읽어 내려가며 옆에서 단장을 하고 있는 아내 효주에게 전화를 받도록 했다.

"여보, 당신이 전화 좀 받아봐."

"네."

곧 효주가 태호의 휴대폰을 들더니 말했다.

"막내 삼촌 전화인데요?"

"그래? 이리 가져와 봐."

"네."

"나다."

─형님, 슬픈 소식을 전해야겠습니다.

"뭐?"

─밤새 아버님이 돌아가셨습니다.

동생 승호의 말이 믿기지 않아 태호는 버럭 고함치듯 말했다.

"무슨 헛소리야? 다시 한번 말해봐!"

─어제 저녁도 맛있게 드시고 일찍 잠자리에 드셨는데 그만… 새벽에 어머니가 일어나 보니 벌써 일어나셨어야 할 분이 계속 주무시기에 이상해 살펴보니 숨이 멎은 상태였답니다. 어머니 말로는 마치 잠을 주무시듯 평온한 모습이었다고 합니다.

"허, 거참……!"

동생의 말에 어이가 없어 자신도 모르게 실소한 태호는 뒤늦게 자신이 실수를 깨닫고 말했다.

"장래는 삼일장으로 하고 성호와 네가 알아서 주변 사람들에게 연락해. 그리고 나는 일본 의회 연설이 끝나는 대로 귀국해 바로 그곳으로 갈 테니 그리 알고."

─네.

"흑흑흑!"

태호가 통화를 끝내고 나니 효주가 침대에 머리를 묻고 흐느끼고 있다. 그런 그녀의 등을 가볍게 두드리며 태호가 말했다.

"92세까지 사셨고 죽음 복도 타고나셨는지 평온하게 돌아가셨다니 호상이야. 그러니 그만 울라고."

"당신은 슬프지도 않으세요?"

"왜 안 슬퍼. 하지만 슬퍼한다고 한 번 간 분이 돌아오시는 것도 아니고, 장자의 말도 있잖아? 자연에서 나서 자연으로 돌아갔으니 기뻐해야지 슬퍼할 일이 아니라고. 장자처럼 꽹과리 치고 놀지는 못하지만 너무 슬퍼하지는 말자고."

"당신은 참으로 담대한 분이세요."

"임종을 지키지 못한 불효자일 뿐이니 더 이상 아무 말 말라고."

"네."

이후 태호는 오전 10시부터 진행된 중의원 연설을 20분 만에 끝내고 사전에 일본 측에 통보한 대로 잔여 일정은 취소하고 급거 귀국했다. 서울공항이 아닌 청주공항으로 입국한 태호는 그곳에서 대기하고 있던 헬기를 타고 고향 마을 공터에 내렸다.

곧 상주로서의 예를 다한 태호 부부는 고인을 선영에 모시는 것으로 삼일장을 끝내고 다시 청와대로 돌아왔다. 이때는 아들 영창도 군에서 제대하여 함께 장례를 모셨고, 그는 수연과 달리 청와대 입성을 거부하고 외할머니와 함께 그 집에 살기로 했다.

*　　　　*　　　　*

그로부터 일주일이 지난 6월 2일 목요일 오전 8시.

김태호 대통령은 긴급 국가안전보장회의(NSC)를 소집해 청와대 내 지하 벙커에서 회의를 주재하고 있었다. 이는 북한이 6:45분을 기해 화성 14호 네 발을 괌 주변 해역에 떨어뜨림으로써 최고의 긴장을 유발했기 때문이다.

지금까지 북한의 김정은은 전에도 한 번 괌 포위 공격 운운했지만 모두 말 폭탄뿐 실행에 옮긴 적은 없었다. 그러나 한국에 신임 대통령이 들어서고 나서 주변 4강 외교를 지켜보던 북한이 태호의 취임사는 물론 미국 발 강경 공동발표문을 보고는 더 세게 나온 것이다.

즉, 트럼프와의 공동 발표문에서 '인내는 끝났다. 북한이 도발을 멈추지 않는다면 양 정상은 이를 양국에 대한 도전으로 간주, 군사적 옵션을 선택할 것이다. 따라서 북한의 최고수뇌부는 신속히 대화의 장으로 나와 핵 및 미사일을 영구히 불가역적으로 폐기해야 할 것이다'라는 문구를 시험하듯 도발로 응수한 것이다.

이는 신임 한국 대통령을 강경한 도발로 기선 제압하겠다는 심리전도 가미되었다고도 할 수 있었다. 아무튼 태호는 굳은 표정으로 참석한 면면을 살펴보고 있었다.

국무총리와 국가정보원장, 통일부장관, 외교통상부장관, 국방부장관, 대통령 비서실장, 국가안전보장회의 사무처장(청와대 국가안보보좌관) 등 일곱 명을 둘러보던 태호가 김병수 비서실장에게 시선을 주고 물었다.

"트럼프와는 아직 연결이 되지 않았나?"

"플로리다 골프장에 있다고 잠시 기다려 달라고 하더니 아직 연락이 없습니다."

"좋아, 우리끼리 먼저 대책을 강구해 봅시다."

이렇게 운을 뗀 태호는 이번 기회에 북한을 군사적으로 최대한 압박할 것을 천명하고 그 방법을 나열하려는 찰나, 트럼프와 연결이 되었다고 하여 그와의 통화에 나섰다. 곧 그와 20분간의 대화를 끝으로 통화를 끝낸 태호는 이어 우리나라가 취할 조치에 대해 30분에 걸쳐 다각도로 논의했다.

그로부터 보름 후.

한반도 수역에는 세 개의 항모전단이 그 위용을 드러내고 있었다. 칼빈슨호와 도널드 레이건호 외에 2017년 건조된 10만 톤급 최신예 항공모함 제럴드 포드(CVN-78) 등이었다. 이 세 항공모함에 탑재된 함재기만 220대로 북한의 공군력을 압도하고 있었다.

이 밖에 일본 오키나와에 배치된 F—22 스텔스전투기 12대, 일본 이와쿠니 기지에 배치된 F—35B 스텔스기 10대, 괌에 배치되었던 핵 잠수함 미시간호를 비롯해 장거리 폭격기 B1—B랜서, B—52, 스텔스폭격기 B—2 외에 미국 C—17 수송기에 실려 온 하이마스(HIMARS) 다련장 로켓 부대 등 수없이 많은 전략 자산이 동원되었고, 한국도 220대의 스텔스전투기는 물론 F—15K 주력 전투기도 모두 출격 대기 상태에 놓여 있었다.

이 소식이 국내 언론은 물론 전 세계에 타전되자 한반도 전쟁 위기설이 급속히 확산되면서 주가는 폭락하고 사재기가 만연하였다. 그러나 북한이 느끼는 공포감에 비하면 이것은 아무것도 아니었다.

겉으로는 전군은 물론 노동적위대와 붉은 청년근위대까지 총동원령을 내린 상태에서 연신 결사항전을 주장하고 있었지만, 지도부부터 바싹 언 상태로 평양 시내에 위치한 수백 미터 지하 벙커에서 은신한 채 언론 매체만 연일 선동 선전에 열을 올리고 있었다.

북한 수뇌부가 바싹 언 상태라는 것이 거짓말이 아니라는 것을 증명한 사건이 있었다. 당시 한국 공군 전력만으로도 그들을 손들게 한 사건은 바로 2015년 발생한 목함 지뢰 도발

사건이다.

당시 언론에는 알려지지 않았지만 한반도 상공에는 공군기가 쫙 깔려 있었다.

물론 각 공군 전투기 편대는 북한 목표물이 할당되어 있었다.

특히 목함 지뢰를 도발한 지역과 확성기에 포사격을 한 북한군 지역은 완전히 초토화 계획을 잡고 있었다.

그 와중에 휴전선을 넘어온 북한 무인기를 요격하기 위해 우리 공군은 위험 지역까지 들어가는 모험도 벌였다. 문제는 북한의 복엽기 AN—2기였다. 북한의 전술은 전쟁 발발 D—24H에 AN—2기가 특수전 병력을 태우고 아군 후방에 침투하는 것이 전쟁의 서막이다.

8월 22일 함흥 지역에서 이륙한 북한군 AN—2기가 남하했다. 당연히 북한군 특수전 병력을 태운 상태였다.

이러한 상황은 우리 공군의 조기 경보기에 그대로 포착되었고, 공군은 주시하고 있었다.

판문점에서 고위급 접촉이 시작된 지 채 7시간도 지나지 않은 상황이었다.

함흥비행장 두 곳에서 출격한 것으로 보이는 AN—2기는 공군의 '전술 조치선'을 넘기 직전 기수를 북쪽으로 돌렸다. 북한 특수전 병력을 실은 AN—2기를 되돌려 보낸 것은 뜻밖에도 북한 인민군 1군단이었다.

우리 군은 당시 교신 내용을 감청했는데 인민군 1군단에선 '군사분계선에 접근하지 말라'고 경고했고, AN—2 대대장은 '김정은 등 상부의 명령을 받았다'며 남진을 계속 감행했다.

하지만 다급해진 1군단이 '대공포로 격추하겠다'고 하자 AN—2기가 마지못해 기수를 돌린 것이다.

동부 지역을 담당하는 북한 1군단장은 만일 AN—2기가 휴전선을 넘으면 어떤 일이 벌어질지 정확히 알고 있었기에 특수전 병력을 태운 AN—2기를 되돌려 보낸 것이다.

그 핵심은 한미 연합 공군의 위력이었다.

2015년 북한이 최후통첩을 보내면서까지 큰소리쳤지만 작전 개시 시간이 임박할수록 북한군은 쥐 죽은 듯 숨어들었다.

한미 연합 공군력이 그만큼 무서웠기 때문이다. 한국 공군기가 휴전선 인근까지 날아갈 정도였지만 북한 공군기는 단 한 대도 뜨지 못했다.

사실 핵은 함부로 사용할 수 없는 무기다. 사용하는 순간 다 죽기 때문이다. 그러나 공군 전력은 항시 사용할 수 있는 군사적 자원이다.

북한은 6.25 전쟁과 이라크 전쟁에서 미 공군의 위력을 실감했다. 미 공군은 이라크전에서 항공기에서 떨어뜨린 폭탄

여섯 발로 이라크 최정예 기갑여단을 궤멸시켰다.

2003년 4월 2일, 이라크의 키르쿠쿠 상공에 기다란 비행운(飛行雲)이 보였다. 미국의 장거리 폭격기 B-52H가 만들어낸 비행운이었다. 폭탄창이 열리고 폭탄 여섯 발이 투하되었다. CBU-105라고 하는 최신 확산탄이었다.

이 폭탄 한 발에는 40개의 자탄(自彈)이 있다. 바람과 위치를 수정하는 센서가 달린 cbu-105의 자탄은 산개하면서 낙하산이 펼쳐졌다.

자탄에 탑재된 센서는 이라크 장갑차량의 엔진에서 나오는 열을 감지할 수 있다. 이라크 기갑부대의 장갑차, 탱크, 자주포, 수송 트럭의 엔진에서 발생하는 열을 감지한 cbu-105의 자탄은 정확하게 목표물에 명중했다.

'바람수정 확산탄'(Wind Corrected Munition Dispenser, WCMD)이라 불리는 CBU-105 단 여섯 발로 이라크 최정예 기갑여단은 그렇게 사라졌다. 이 작전은 2차 이라크전쟁인 이라크 자유전쟁(Freedom of Iraq) 초기 바이킹 해머작전의 최대 성과였다.

아무튼 이렇게 당시의 한미 공군 전력만으로도 이렇게 겁을 먹은 그들인데 지금은 말할 것도 없었다.

무시무시한 한미연합 전략 자산이 총집결하고 북한 매체

또한 연일 결사항전을 주장하니 한반도는 그야말로 일촉즉발(一觸卽發)의 상태에 처해 있었다.

문자 그대로 조금만 건드려도 폭발할 것만 같은 위급한 상태가 3일간 지속되는 순간, 중국 측으로부터 먼저 의미 있는 신호가 왔다.

국가주석 시진핑으로부터 태호에게 한 통의 전화가 걸려온 것이다. 그 내용의 요지는 핵 동결을 전제 조건으로 하면 협상에 응하겠다는 내용이었다.

이에 태호는 씨도 안 먹히는 소리라고 일축하고 금번에 아예 북한을 멸해 버리겠다고 공언했다.

그리고 더욱 긴장을 조성하기 위해 스텔스기 및 장거리 폭격기 수십 대가 무리지어 동해 북방한계선을 넘나들며 수시로 이북 영공을 유린하기 시작했다.

그럼에도 불구하고 북한은 포 한 방 날리지 못하고 바싹 엎드려 있었다.

물론 말로는 핵전쟁 운운하며 떠들어댔지만 다 개 짖는 소리에 지나지 않았다.

이렇게 3일이 지나고 나흘째 되는 날이었다. 또다시 전화가 왔는데 다시 중국의 시진핑으로부터였다.

핵과 미사일을 포기하는 협상에 임하겠다.

이를 6자 회담을 통해서 할 것이고, 핵과 미사일을 포기하는 대가를 반드시 지불해 주어야만 응하겠다는 내용이었다.

이에 태호는 이 내용을 가지고 트럼프와 협의하기 위해 전화를 연결하려는데 그로부터 먼저 전화가 걸려왔다. 대뜸 본론으로 들어가는 트럼프였다.

―저들이 핵과 미사일을 포기하겠다는데 친구는 어찌 생각하오?

"일단은 승낙하고 6자회담을 개최하도록 합시다. 하지만 나는 이번에도 저들의 시간 벌기용 꼼수라 생각합니다. 그렇지만 이번에 한 가지 의미 있는 신호를 우리는 발견했습니다."

―그게 뭐요?

"아바타를 본격적으로 움직이기 시작한 것입니다."

―아바타?

태호는 비로소 저들이 김정은을 닮은 한국인을 납치해 간 사실과 그가 이번에 자신의 배짱을 보여주기 위한 대역이 되어 전방을 시찰하는 장면을 북한 TV에 공개했지만 정밀 분석 결과 그가 아바타가 확실하다는 결론 내렸다고 설명했다.

이후 태호는 자신의 계획을 한동안 이야기했고, 트럼프 또한 이에 동의해 우선 북한의 핵 및 미사일 폐기를 위한 6자회담에 응하기로 양국 간에 합의를 보았다.

곧 한미 양국은 언론을 통해 6자회담을 통해 북의 핵 및 미사일의 사찰을 통해 완전 검증 가능하고 불가역적 상태로 폐기하겠다는 발표를 했다.

그리고 미국은 동원한 자신의 무력을 서서히 철수시켰다.

＊　　　＊　　　＊

2022년 7월 26일 화요일,

북경에서 6자회담이 열리는 날이다. 그간 예비회담을 거쳐 열리는 제1차 회담으로 북한의 핵 및 미사일 폐기 방법 및 폐기 대가로 5개국이 어떻게, 얼마나 지원하느냐를 놓고 협상을 벌이는 날이었다.

이날 김정은은 가뭄으로 타들어가는 황해도 한 농촌을 돌아보며 현지 지도를 하고 있었다. 이 장면을 조선중앙TV 기자들이 쫓아다니며 촬영하고 있기도 했다.

그런 이 순간 북한 양강도 삼지연군 삼지연읍 상공에는 넉 대의 그레이 이글이 떠 있었다.

더 정확히는 삼지연읍에서 서남쪽으로 약 1㎞ 떨어진 포태노동자구에 있는 삼지연 특각 상공이었다.

이 삼지연 특각은 북한 전역에 산재해 있는 80여 개의 김정은을 위한 별장 중의 하나로, 2013년 12월 장성택을 처형하기 직전에도 김정은은 이 특각을 찾아 결단을 내리는 등 특별한 결심을 할 때마다 찾곤 하는 곳이다.

그 외에 또 하나 그가 이곳을 찾은 이유는 오늘이 중복이기에 무더운 날씨를 피해 서늘한 이곳에서 피서를 즐길 목적도 있었다.

아무튼 자신의 머리 바로 위에 저승사자가 떠 있는 줄도 모르고 김정은은 수행한 간부들과 함께 대낮부터 술판을 벌이고 있었다.

자신이 즐겨 마시는 프랑스 고급술 헤네시에 구멍이 송송 뚫린 경질 치즈로 고소한 호두 맛이 나는 에멘탈 치즈를 안주로 들며 파안대소하던 김정은이 돌연 웃음을 멎고 엄숙한 표정으로 말했다.

"동지들, 우리는 트럼프가 물러날 때까지 질질 시간을 끌다가 미국에 다른 대통령이 들어서면 핵 동결을 전제로 협상을 하겠다고 새 판을 짜는 것입니다. 이를 위해 이 무더운 날씨에도 북경에서 수고하고 있을 외교 일꾼들을 위해 건배 한번 합시다."

"네, 위대한 지도자 동지!"

"건배!"

"건배!"

그때였다. 대낮이지만 뚜렷한 섬광 수십 줄기가 마치 낙뢰처럼 삼지연 특각을 향해 빛과 같은 빠른 속도로 떨어져 내렸다. 그리고 일순.

쾅쾅쾅!

콰르르, 쾅쾅!

수십 번의 폭음과 함께 특각 일대가 완전 불길에 휩싸이며 형체를 알 수 없을 정도로 쑥대밭이 되었다.

이에 특각 주변을 호위하고 있던 일부 살아남은 호위 병사들이 비명을 지르며 이리 뛰고 저리 뛰나 한번 파괴된 건물이며 모든 시설이 다시 복구될 리는 없었다.

아무튼 그 시간 임무를 완수한 저승사자, 즉 그레이 이글 넉 대는 소리 없이 현장을 떠나고 있었다.

적 상공에서 24시간 이상 머물면서 첨단 레이더와 정찰위성의 지원을 받아 표적을 찾아내 공대지미사일을 쏴 제거하는 대표적인 '킬러 무기' 그레이 이글.

9·11테러를 일으킨 국제 테러 단체 알카에다를 비롯해 탈레반과 이슬람 국가(IS)의 지휘부를 궤멸시킨 첨단 무인공격기 그레이 이글은 군산에 배치되어 있던 12대 중 4대로, 길이 8m, 날개폭 17m의 중고도 무인기로, 최대 30시간 동안 최고 시속 280㎞로 비행할 수 있다.

한반도 전역에 대한 24시간 연속 비행과 고화질 감시를 할 수 있는 능력을 갖췄다.

특히 8㎞가량 떨어진 적 전차를 공격할 수 있는 헬파이어 대전차 미사일 네 발과 최신형 소형 정밀유도폭탄 GBU—44/B

'바이퍼 스트라이크' 네 발을 장착할 수 있다.

그러니까 오늘 김정은을 위시한 수행한 간부들은 헬파이어 대전차 미사일 네 발과 최신형 소형 정밀유도폭탄 GBU—44/B 바이퍼 스트라이크 네 발, 각각 열여섯 발을 맞고 이 지상에서 흔적도 없이 사라진 것이다.

아무튼 그 시각 청와대 지하 벙커에서 실시간으로 전송되어 오는 화면을 보고 있던 태호는 곧 트럼프에게 연락을 취하라 지시하는 한편 경계를 더욱 강화하도록 지시했다.

그 시각.

호위사령부 사령관 대장 윤정린은 김정은을 호위하던 삼지연의 부하들로부터 김정은 피격 사건을 보고 받고 분노로 한동안 치를 떨었다 그러나 이성을 회복한 그는 심각한 고민에 빠졌다.

'김정은 없는 조선민주주의인민공화국이 과연 유지될 수 있을까?'

아무리 생각해도 현재로서는 불가능하다고 판단되었다. 결단이 서자 윤정린은 방송 일꾼들을 전원 철수시키고 꼭두각시 김정은에게 다가가 귓속말로 말했다.

"북쪽에서 군사 변란이 일어나 급히 평양으로 돌아가서야겠습니다."

"군사 변란이라니 자세히 말해보오."

"일단 몸부터 피신하시고 가면서 말씀드리겠습니다."

"험험! 그럽시다."

곧 이들은 급히 현장을 빠져나가기 시작했다.

그리고 한 시간 후 평양 국사봉 지하 400m에 위치한 '김정은 벙커', 일명 철봉각에서는 아바타 김정은과 호위사령관 윤정린의 은밀한 대담이 이어지고 있었다.

"김정은 동지께서 미군 놈들의 소행으로 보이는 무인기의 저격을 받아 얼마 전에 돌아가셨습니다."

"뭐라고?"

자신도 모르게 버럭 소리를 지른 아바타, 아니, 김정은과 이름도 같은 '나정은'은 멍한 표정이 되어 천장을 올려다보았다.

그런 머릿속으로 서울에 두고 온 그리운 가족은 물론 피람되던 과정, 그리고 한동안 북한말과 김정은의 태도며 표정을 따라 배우느라 고생한 순간들이 일순 주마등처럼 스쳐 지나갔다.

그런 그에게 자신의 현재 위치가 생각나자 그가 심각한 표정으로 물었다.

"그럼 앞으로 나는 어떻게 되는 것이오?"

"당분간은 계속 지도자 동지 노릇을 해야겠습니다."

"그 후는?"

"그 후는 저도 장담할 수가 없습니다."

"못 하오."

"네?"

"어차피 나라는 놈은 이곳으로 끌려올 때부터 죽은 목숨이었소. 따라서 이래 죽으나 저래 죽으나 마찬가지인데 당분간만 그 짓을 계속하라고? 싫소."

나정은의 말에 발끈하는 호위사령관 윤정린이다.

"정말? 네가 예뻐서 그러는 줄 아느냐?"

비록 김정은으로부터 상장으로 강등되었다가 대장으로 다시 승진되는 수모를 겪었지만, 김정은에 대한 충성심 하나로 버텨온 그에게 가짜가 버티니 당장 단매에 쳐 죽이고 싶었던 것이다.

그러나 곧 그는 여전히 고개를 빳빳이 쳐들고 자신을 노려보는 가짜 김정은을 보고도 화를 삭일 수밖에 없었다.

이는 그가 예뻐서가 절대 아니었다. 그의 머릿속에 김원홍 국가안전보위상이 떠오른 때문이었다.

그와는 요즘 냉전을 넘어 견원지간이었다.

2016년 한국 국방부가 '김정은 참수작전 계획을 빠른 시일 내 수립하고 관련 부대를 창설할 것'이라고 밝힌 뒤부터 그는 김정은의 현지 시찰 동선(動線)을 김원홍 국가안전보위상에게도 알려주지 않는 등 경호와 보안을 한층 더 강화하면서부터 김정은 경호를 책임진 자신과 그 사이의 갈등이 심화되었다.

이런 차에 김정은 피살 소식이 그의 귀에 들어가면 가짜 김정은은 물론 자신 역시 죽은 목숨이었다.

따라서 그는 비밀을 지키기 위해 최측근 심복 윤영섭 소장을 현지에 급파하여 호위하지 못한 책임을 물어 현지 호위꾼들을 전원 사살토록 명령한 바 있었다.

이런 속에 또 하나 자신과 가짜 김정은에게 위안이 되는 것은 김원홍은 물론 최측근 심복 외에는 현재 김정은의 죽음을 모른다는 사실이었다.

빠른 두뇌 회전으로 전후를 판단한 윤정린이 갑자기 나정은에게 무릎을 꿇더니 머리를 조아리며 말했다.

"앞으로 우리 북조선인민공화국을 잘 이끌어주십시오. 죽는 그날까지 충성을 바치겠습니다."

"지금 장난치오?"

"아, 아닙니다. 위대한 지도자 동지가 돌아가신 지금 북조선을 이끌 분은 새로운 지도자 동지 당신밖에 없기 때문입니다. 만약 진짜 지도자 동지의 죽음이 알려지면 우리 둘 모두 죽은 목숨인 것은 물론 내부의 혼란이 이루 말할 수 없을 지경일 것입니다. 아니래도 남조선과 미제 놈들이 우리를 못 잡아먹어 안달인 이 판국을 생각하면 더더욱 그렇습니다."

비로소 확실하게 상황을 파악한 나정은이 물었다.

"정말 나에게 절대 충성을 바치겠소?"

"물론입니다. 그 길만이 저와 경애하는 지도자 동지가 사는 길이고, 전 인민이 사는 길입니다."

"진심이 느껴지오. 우리 앞으로 어떻게 이 난국을 극복하고 확실히 정권을 잡을 수 있는지 철저히 그 계획을 세워봅시다."

"네, 위대한 지도자 동지!"

그 이튿날부터 북한 지도부에 큰 변동이 생기기 시작했다. 김원홍 국가안전보위상이 수십 가지 죄목으로 공개 처형된 것을 시작으로, 황병서 총정치국장, 김영철(조선로동당 중앙정무국 부위원장), 리수용(조선로동당 중앙정무국 부위원장), 리용호(내각 외무상), 박영식(인민무력부장), 최부일(인민보안부장) 등 최고 요직의 국무위원 대부분이 폭사 내지는 미스터리하게 사라지기 시작했다.

뿐만 아니라 일선 지휘관 상당수가 사라지고 그 자리를 새로운 면면들이 속속 채워지기 시작했다.

그래도 아직 건재한 이들도 있었다.

국무위원회 부위원장 최룡해(조선로동당 중앙정무국 부위원장), 박봉주(내각 총리), 김기남(조선로동당 중앙정무국 부위원장), 리만건(조선로동당 중앙정무국 부위원장) 등 군과 거리가 먼 인사들이었다.

이렇게 큰 변화가 생긴 북 지휘부에 어느 날 대한민국 대통령 특사라는 인물이 홀연히 출연해 김정은 국무위원장과의 비밀 회동을 요구했다.

이에 나정은은 윤정린과 협의를 거쳐 그와 대면하기로 하고 백화원 초대소에 일단 그를 묵게 했다.

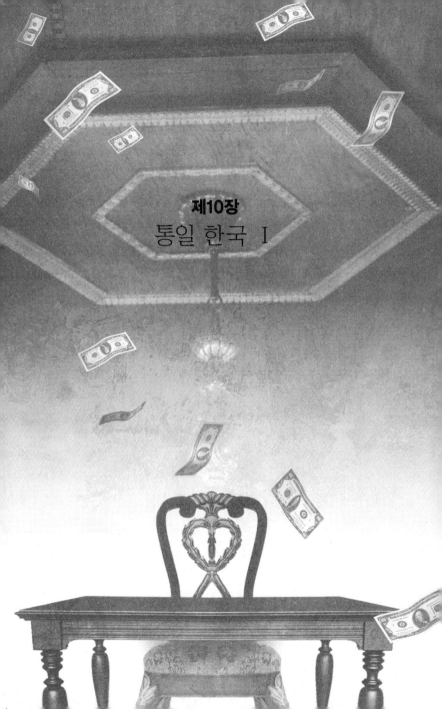

제10장
통일 한국 Ⅰ

다음 날.

대한민국 대통령 특사 김병수 비서실장이 아침부터 최룡해 부위원장의 인도를 받아간 곳은 평양 중구역 노동당 중앙당사 인근에 있는 북한 김정은의 15호 관저였다.

이 15호 관저는 김정은이 어린 시절에 살았고 생모인 고영희가 사망 직전까지 거주하던 호화 집무실이었다. 아무튼 최룡해의 안내로 김병수가 내부로 들어가니 세계에서 가장 비싼 집으로 꼽히는 미국 비버리힐스의 2,100억 원짜리 집보다더 으리으리한 분위기라 깜짝 놀랐다.

이에 놀란 눈으로 좌우를 두리번거리고 있는 김병수를 맞으러 나오는 사람이 있었다. 호위사령관 윤정린과 국무위원장 김정은이었다. 김병수의 시선이 김정은에게 못 박힌 듯 한동안 그를 뚫어지게 바라보았다.

김병수가 닮아도 너무 똑같이 닮았다고 생각하고 있는데 호통 소리가 들려왔다.

"무례하오!"

윤정린이었다.

"아, 실례했습니다."

"자, 안으로 들어가실까요?"

무안해하는 김병수를 달래주듯 집무실로 청하는 김정은을 따라 김병수는 감사의 인사와 함께 집무실 내부로 들어갔다. 내부 역시 한마디로 화려하게 꾸며놓았다. 이를 보고 김병수가 다시 한번 놀라는데 김정은이 장방형 탁자의 의자 하나를 가리켰다.

이에 김병수가 그 의자에 앉으니 최룡해와 윤정린을 좌우에 거느린 김정은이 맞은편 의자에 앉았다. 묵묵히 말이 없는 김정은을 향해 김병수가 먼저 입을 떼었다.

"먼저 대통령님의 친서를 전해 드리겠습니다."

김병수가 휴대한 가방 안에서 밀봉된 서류 봉투 하나를 꺼내 김정은에게 주었다. 이를 받아 든 김정은은 뜯어볼 생각도 않고 물었다.

"무슨 내용인지 알고 있소?"

"대통령님으로부터 전해 듣기로는 남북 정상회담을 빠른 시간 내에 갖길 원한다는 내용이 담겨 있다고 했습니다."

"남북 정상회담?"

"네."

다시 말이 없는 그를 향해 김병수가 말했다.

"만약 이번에 또 남북 정상회담을 갖게 된다면 서울에서 하는 것이 옳지 않겠습니까?"

이를 받아 김정은이 미처 답할 새도 없이 윤정린이 답했다.

"불가하오. 하려면 북에서 먼저 하고 답방 때는 한번 고려해 볼 수 있을 것이오."

고개를 끄덕이며 잠시 생각하던 김병수가 다시 말했다.

"조속히 핵 협상을 끝내고 개혁 개방의 길로 나서는 것이 어떻겠습니까?"

이를 받아 이번에는 최룡해가 입을 열었다.

"우리도 그럴 생각이오. 그렇게 되면 남반부 동무들이 많이 도와주어야 되는데, 과연 그럴 생각이 있는지 모르겠소."

"정말 그렇게 진행된다면 대통령님께서도 적극적으로 지원하시겠다는 말씀을 피력하신 적이 있습니다."

이때 김정은이 나섰다.

"좋소, 남북 정상회담을 추진하되 내가 서울을 먼저 찾겠소."

"지도자 동지, 어찌 승냥이 굴로 먼저 뛰어든다 하십니까?"

윤정린의 격앙된 말에도 묵묵히 손을 내저은 김정은이 말했다.

"그 정도 배짱도 없이 어찌 이 난국을 헤쳐 나간단 말이오. 하고 나는 우리 인민들이 잘살 수만 있다면 그 어떤 희생도 감수할 용의가 있소."

김정은의 말에 두 사람이 차마 반박하지 못하고 멍한 시선을 보내고 있는데 김병수가 다시 입을 떼었다.

"자세한 사항은 실무자 협의회에서 상의하기로 하고, 그러기 위해서는 끊어진 남북의 전화선부터 연결하는 것이 급선무일 것 같습니다."

"물론이오. 오늘이라도 당장 연결하라 할 테니 빠른 시일 내에 남북 정상회담이 추진될 수 있도록 하고, 또 핵 협상도 조기에 마무리될 수 있도록 남한 대통령의 협조를 당부 드리는 바이오."

"알겠습니다, 위원장님."

"더 하실 말 있소?"

"단독 면담을 하고 싶습니다."

이 말에 윤, 최 두 사람을 번갈아 보던 김정은이 말했다.

"초대소에 가 계시면 내 한번 찾아가리다."

"감사합니다."

이것을 끝으로 15호 관저를 나온 김병수는 하루 종일 김정은의 방문을 기다렸다. 그러나 낮 동안 그의 방문은 이루어지지 않았고, 저녁 8시 무렵이 되자 갑자기 밖이 소란스러워지더니 일단의 인물들이 내부로 들이닥치고 있었다.

김병수가 급히 나가보니 김정은이 윤정린의 호위 속에 안으로 들어서고 있었다.

"어서 오세요, 위원장님."

묵묵히 고개를 끄덕인 김정은이 윤정린을 보고 말했다.

"당신은 잠시 여기서 기다리시오."

김정은의 말에 쓴 입맛을 다신 윤정린이 마지못해 말했다.

"알겠습니다, 위대한 지도자 동지."

윤정린을 거실에 세워놓은 김정은이 제가 주인인 양 방 안으로 들어가자 김병수도 황급히 따라 들어가 다탁 앞에 좌정했다. 김정은이 그 앞에 앉으며 물었다.

"삼원그룹 김태호 회장이 금번에 한국 대통령이 된 게 맞죠?"

"그렇습니다."

"나의 실체는 알고 있습니까?"

"물론입니다."

"우리 가족은?"

"모두 잘 지내고 있습니다. 좋지 못할 일을 당했을 당시 회장님 특명으로 30억 원을 지급해 부인과 딸은 남부럽지 않은 생활을 하고 있습니다."

"그건 고마운 일이군."

"정말 개혁 개방으로 나가실 계획이십니까?"

"내가 남한에서 자랐다는 걸 누구보다 잘 알고 있는 당신이 나를 의심하고 있는 것이오?"

"아, 아닙니다. 회장님, 아니, 대통령님께서도 그렇게 하길 진심으로 바라십니다. 그렇게 해 남북이 서로 잘사는 길을 택한다면 우리 민족은 또 한 번 웅비할 수 있을 것입니다."

"내 생각이 바로 그거요. 그러기 위해서는 남한의 도움이 절대적으로 필요하오."

"정상회담에서 어떤 지원을 할 것인지 답할 수 있도록 준비하겠습니다."

"고맙소. 자, 이쯤에서 끝내고, 참, 남한에서는 내 정확한 신분을 알고 있소?"

"전혀 모릅니다. 이 세상에서 아는 사람이 있다면 대통령님과 트럼프 정도입니다."

"흐흠!"

잠시 침음하던 그가 떨쳐 일어나며 말했다.

"어찌 되었든 꿩 잡는 게 매라고 북한을 실제로 지상낙원으로 만드는 게 진정한 내 꿈이니 대통령님께 잘 말씀드려 서로 승자가 될 수 있도록 합시다."

"네, 위원장님."

"언제 돌아가려 하오?"

"내일 아침 바로 떠나겠습니다."

"말리지 않겠소. 빠른 시일 내에 정상회담이 열릴 수 있도록 비서실장께서도 많은 힘을 써주시오."

"네, 위원장님."

곧 김정은은 휘하들을 휘몰아 돌아갔다. 그리고 김병수 또한 그의 말처럼 그 이튿날 아침 평양을 떠나 한국으로 돌아왔다.

*　　　　*　　　　*

이후 남북은 실무자 선에서 빈번히 접촉하며 빠른 성과물을 만들어내기 시작했다. 우선 남북 직통 전화를 개설해 우발적인 군사적 충돌을 막을 수 있는 장치부터 마련하고, 제일 먼저 개성공단부터 재가동에 들어갔다. 그리고 9월 10일 추석을 삼 일 앞둔 9월 7일에는 금강산에서 남북 이산가족 상봉이 이루어졌다.

이어 금강산 관광이 재개되고 5·4조치가 해제되어 남북경협의 걸림돌이 제거되었다. 그리고 마침내 그간 실무선에서 협의되던 남북 정상회담이 9월 23일 서울에서 2박 3일 일정으로 개최되게 되었다. 그러는 동안에도 핵 협상은 빠른 진전을 보이며 끝을 향해 달려가고 있었다.

9월 23일 오전 11시.

역사적인 남북 정상회담이 청와대 영빈관에서 이루어지게 되었다. 전날 오후 늦게 직항로 편으로 서울에 입성한 김정은은 삼원호텔에서 하루를 묵고 삼엄한 경호를 받으며 청와대 경내로 들어서고 있었다.

이에 본관 현관 앞까지 나와 있던 김태호 대통령이 김정은이 탄 차를 향해 빠른 걸음으로 접근해 갔고, 차가 멎음과 동시에 김정은 위원장이 차에서 내렸다.

"잘 오셨소. 진심으로 환영하는 바입니다."

"환대해 주셔서 감사합니다."

두 사람은 한동안 잡은 손을 놓지 않고 인사말을 나누었다. 이에 역사적인 장면을 취재하기 위해 몰려든 수백 명의 내외신 기자들의 플래시가 터지고, 양 정상은 어깨를 나란히 하고 영빈관으로 향했다.

곧 오찬을 겸한 단독 확대 정상회의가 2시간 30분에 걸쳐 이루어졌다. 그리고 공동성명이 발표되었다. 그 공동선언문의 내용은 한마디로 압축한다면 2007년 남북 정상회담에서 대한민국의 16대 대통령 노무현과 북한 대표 김정일이 합의한 선언문인 10·4선언의 연장선상에서 보다 진일보한 내용을 담고 있었다.

장차 〈9·23선언〉이라 불리게 될 8개 조항은 다음과 같다.

1. 남과 북은 6·15 공동선언을 고수하고 적극 구현해 나간다. 남과 북은 통일 문제를 자주적으로 해결해 나가며 민족의 존엄과 이익을 중시하고 모든 것을 이에 지향시켜 나가기로 하였다. 남과 북은 여건이 성숙되는 대로 1국 2체제의 연방국가로 1단계 통일을 하며, 한 걸음 더 나아가 양 국민의 이해와 신뢰가 더욱 견고해지면 남북자유총선에 의한 1국 통일을 실시하되 자유 시장경제를 지향한다. 이에 따른 법률은 훗날 양국의 협의 하에 만든다.

2. 남과 북은 사상과 제도의 차이를 초월하여 남북 관계를 상호 존중과 신뢰 관계로 확고히 전환시켜 나가기로 하였다. 남과 북은 내부 문제에 간섭하지 않으며 남북 관계 문제들을 화해와 협력, 통일에 부합되게 해결해 나가기로 하였다. 남과 북은 남북 관계를 통일 지향적으로 발전시켜 나가기 위하여 각기 법률적·제도적 장치들을 정비해 나가기로 하였다. 남과 북은 남북 관계 확대와 발전을 위한 문제들을 민족의 염원에 맞게 해결하기 위해 양측 의회 등 각 분야의 대화와 접촉

을 적극 추진해 나가기로 하였다.

3. 남과 북은 군사적 적대 관계를 종식시키고 한반도에서의 긴장 완화와 평화를 보장하기 위해 긴밀히 협력하기로 하였다. 남과 북은 서로 적대시하지 않고 군사적 긴장을 완화하며 분쟁 문제들을 대화와 협상을 통하여 해결하기로 하였다. 남과 북은 한반도에서 어떤 전쟁도 반대하며 불가침 의무를 확고히 준수하기로 하였다. 남과 북은 우발적 충돌 방지 장치를 마련하고 각종 협력 사업에 대한 군사적 보장 조치 문제 등 군사적 신뢰 구축 조치를 협의하기 위하여 남측 국방부 장관과 북측 인민무력부부장간 회담을 금년 10월 중에 평양에서 개최하기로 하였다.

4. 남과 북은 현 정전 체제를 종식시키고 항구적인 평화 체제를 구축해 나가야 한다는 데 인식을 같이하고 직접 관련 된 3자, 또는 4자 정상들이 한반도 지역에서 만나 종전을 선언하는 문제를 추진하기 위해 협력해 나가기로 하였다. 남과 북은 한반도 핵 문제 해결을 위해 6자회담, 9·19 공동성명과 2·13 합의가 순조롭게 이행되도록 공동으로 노력하기로 하였다.

5. 남과 북은 민족 경제의 균형적 발전과 공동의 번영을 위해 경제 협력 사업을 공리공영과 유무상통의 원칙에서 적극 활성화하고 지속적으로 확대 발전시켜 나가기로 하였다. 남과 북은 경제 협력을 위한 투자를 장려하고 기반시설 확충과 자

원 개발을 적극 추진 하며 민족 내부 협력 사업의 특수성에 맞게 각종 우대 조건과 특혜를 우선적으로 부여하기로 하였다. 남과 북은 해주 지역과 주변 해역을 포괄하는 서해평화협력특별지대를 설치하고 공동 어로 구역과 평화 수역 설정, 경제특구 건설과 해주항 활용, 민간 선박의 해주 직항로 통과, 한강 하구 공동 이용 등을 적극 추진해 나가기로 하였다. 남과 북은 개성공업지구 1단계 건설을 빠른 시일 안에 완공하고 2단계 개발에 착수하며 문산—봉동 간 철도 화물 수송을 시작하고, 통행·통신·통관 문제를 비롯한 제반 제도적 보장 조치들을 조속히 완비해 나가기로 하였다. 남과 북은 개성—신의주 개성—나선 철도와 개성—평양 개성—나선 고속도로를 공동으로 이용하기 위해 신설 및 개보수 문제를 협의, 추진해 가기로 하였다. 남과 북은 안변과 남포에 조선협력단지를 건설하며 농업, 보건의료, 환경보호 등 여러 분야에서의 협력 사업을 진행해 나가기로 하였다. 남과 북은 남북 경제 협력 사업의 원활한 추진을 위해 현재의 '남북경제협력추진위원회'를 부총리급 '남북경제협력공동위원회'로 격상하기로 하였다.

6. 남과 북은 민족의 유구한 역사와 우수한 문화를 빛내기 위해 역사, 언어, 교육, 과학기술, 문화예술, 체육 등 사회문화 분야의 교류와 협력을 발전시켜 나가기로 하였다. 남과 북은 백두산 관광을 실시하며 이를 위해 백두산—서울 직항로

를 개설하기로 하였다. 남과 북은 올림픽 경기대회에 남북 단일팀을 구성하며 응원단 또한 함께 구성하여 공동으로 참가하기로 하였다.

7. 남과 북은 인도주의 협력 사업을 적극 추진 해나가기로 하였다. 남과 북은 흩어진 가족과 친척들의 상봉을 확대하며 영상 편지 교환 사업을 추진하기로 하였다. 남북은 서울과 평양에 각각 쌍방 대표를 상주시키는 대사급 외교 관계를 조속히 체결하기로 하였다.

8. 남과 북은 국제 무대에서 민족의 이익과 해외 동포들의 권리와 이익을 위한 협력을 강화해 나가기로 하였다. 남과 북은 이 선언의 이행을 위하여 남북 총리회담을 상설화하고, 제1차 회의를 금년 10월 중 서울에서 갖기로 하였다. 남과 북은 남북 관계 발전을 위해 남북 정상회담을 사울과 평양을 번갈아 오가며 개최하는 것으로 상설화하되 그 안에도 수시로 만나 현안 문제들을 협의하기로 하였다.

정상회담이 끝나고 김정은이 다시 삼원호텔로 돌아간 시각. 비서실장 김병수가 대통령 집무실을 찾았다.

"대통령님."

"무슨 일이 있소?"

"김정은이, 아니, 나정은이 그의 전처와 딸을 이번 기회에 북으로 데려갔으면 하는데 어찌하면 좋을까요?"

"비서실장의 생각은 어떻소?"

"제 생각으로는 핵 협상이 완전히 타결되기 전까지는 인질로라도 한국에 머물게 하다가 그 후에……."

"그렇게 하면 안 되지."

"네?"

"서로 믿지 못하면 아무것도 이룰 수 없소."

"그래도 제 생각에는 핵 협상 타결 전까지는……."

"한미 군사력이면 북한을 몇 번이라도 잿더미로 만들 수 있는 막강한 군사력이 있소. 저들도 이를 잘 알고 있고, 신임 위원장은 내가 볼 때 진실로 남북이 하나 되어 북한 인민은 물론 우리나라까지 더불어 잘살기를 바라고 있소. 믿고 보내줍시다."

"알겠습니다, 대통령님. 가만히 생각해 보니 그의 부모님이 아직은 한국에 두 눈 멀쩡히 뜨고 살아 계시고, 또 지금까지 모든 사안이 대통령님의 혜안을 벗어난 적이 없으니 믿고 보내 드리도록 하겠습니다."

"잘 생각했소. 이곳을 나가는 대로 대기업 총수들의 면담을 추진해 주시오."

"10 대 기업에 한정합니까?"

"아니오. 30 대 그룹까지 범위를 넓히고 한꺼번에 만나는 것으로 합시다."

"그렇게 되면 제대로 된 대화⋯⋯."

"많은 시간을 할애하면 되지 않겠소? 또한 이유는 그들이 말하라고 한다고 해서 속내를 모두 드러내지는 않을 테니 자연스럽게 대화 시간이 길어지지는 않을 것 같소."

"알겠습니다, 대통령님."

그로부터 사흘 후.

청와대 영빈관에서는 한국의 30대 그룹 총수들이 오찬회동에 초대받아 모여 있었다. 한국의 제1그룹 총수 진대제를 위시해 이번에 특별히 사면해 준 이재용 회장 및 여타 그룹 회장들이다.

태호는 오찬에 앞서 그들에게 당부의 말을 했다.

"그동안 북한 투자는 보수적으로 운영해 한 번도 투자를 한 적이 없는 삼원그룹 및 삼성그룹부터 앞장서서 북한에 투자할 것이니 여러분도 정부를 믿고 북한에 많은 투자를 해주시기 바랍니다. 그렇게 되면 청년 실업난 해소에 크게 도움이 됨은 물론 점점 사양 산업이 되어가는 조선이나 여타 업종도 다시 세계적인 경쟁력을 확보할 수 있을 것이오. 따라서 이는 속된 말로 누이 좋고 마부 좋은 일이니 많은 협조 부탁드리는 바입니다."

"투자도 좋지만 우선은 인프라 구축이 선결되어야 하지 않을까 생각합니다. 당장 무엇을 하려 해도 전력난 속에서는 아무엇도 할 수 없고, 열악한 철도 및 도로 사정 역시 기업을 운용하는 데 있어서 발목을 잡을 것입니다. 따라서 정부에서 먼저 이것부터 해결해 주시는 것이 선결 문제가 아닌가 합니다."

연로한 부친을 대신해 참석한 기아 정의선 부회장의 말에 태호가 고개를 끄덕이며 말했다.

"좋은 말씀이오. 이미 일부 보도된 대로 핵 협상 과정에서 저들이 핵을 포기하는 대가로 북한에 전기 및 원유를 공급하는 문제, 철도의 현대화 및 고속도로 보수 내지 신설 등을 북한을 제외한 5개국이 떠맡아 진행하기로 하고, 그 규모 및 방법을 놓고 협의 중이니 조만간 결론이 날 것이오. 그 외에도 금번 9.23선언에 의해 정부가 할 투자도 있으니 여러분은 마음 놓고 투자 계획부터 세우시기 바랍니다."

"정말 이번에는 위험부담이 없겠습니까, 대통령님?"

78세의 노익장 구본무 LG그룹 회장의 질문에 태호가 믿음을 주기 위해서인지 자신의 가슴까지 쾅쾅 치며 말했다.

"삼원그룹이 세계 1등 기업이 된 데는 솔직히 저의 미래 예지 능력을 빼놓고 얘기할 수는 없을 것입니다. 따라서 제가 보는 눈으로는 이번엔 진짜입니다. 머지않아 통일까지 될 것이니 북한의 저렴한 노동력을 이용해 각 그룹이 한 단계 더 발전하시기 바랍니다. 그래야 한국의 젊은 청년들 역시 많이 채

용되어 실업난 해소는 물론 국민소득마저 높아질 것 아닙니까? 당연히 경제 성장도 5% 이상으로 치솟겠죠. 물론 이북이 발전하는 속도에 따라 북한은 연평균 10%에서 12% 이상까지 성장이 가능하고, 그 수혜를 받은 우리 또한 연 7% 이상의 고성장도 가능하다고 봅니다. 바야흐로 국운이 열렸으니 이 기회를 놓치는 그룹은 단언컨대 분명히 후회하게 될 것입니다."

"대통령님의 말씀을 듣고 있노라면 투자를 안 하고는 못 배길 것 같은 마력이 있습니다. 하하하!"

서툰 한국말이지만 롯데 신동빈 회장의 말에 장내는 더욱 화기애애한 분위기가 연출되었다.

*   *   *

북한 인민에게는 내막을 몰라 지금도 경애하는 지도자 동지인 새로운 김정은은 전의 김정은과는 확실히 달랐다. 그의 의지를 반영하듯 핵 협상에서도 줄 것은 주고 챙길 것은 확실히 챙기는 실리 노선을 견지해 빠른 진전을 보였다.

각국의 지원 내용이 가시화되자 이제 이 지원을 어느 시기에 할 것인가가 협상의 초점이 되었다. 가장 강경한 일본 측 주장은 핵 및 미사일이 불가역적으로 폐기되었을 때부터 시작하자고 했고, 북한의 우방인 중국과 러시아는 처음부터 지원을 하되 물량을 점차 늘려가자는 안을 제시했다.

여기에 미국과 한국은 단계적인 지원을 주장했다. 즉, IAEA 사찰을 통해 북한 핵의 실체를 파악했을 때가 1단계, 핵물질 및 폭탄을 제조할 있는 시설을 완전 폐기 및 파괴하는 것이 2단계, 기존에 만들어놓은 핵폭탄을 완전 해체했을 때를 3단계로 규정하여 단계별 맞춤 지원을 하겠다는 제안을 했다.

중국, 러시아의 제안과 미국, 한국 측의 제안이 별 차이가 없을 듯하나, 그 자세한 내용을 들여다보면 분명 차이점이 있었다.

전자는 제공할 것을 처음부터 제공하되 그 양을 단계별로 늘려가는 것이다.

예를 들어 최종 연간 100만 톤의 원유를 제공하기로 했다면 처음에는 30만 톤, 50만 톤, 100만 톤으로 그 양을 점차 늘려가자는 안이고, 후자는 패키지, 즉 처음에는 원유 정도를 지원하다 후반으로 넘어가 완전 폐기되었을 때부터 본격적으로 돈이 많이 들어가는 고속철 사업 같은 것을 지원해 주겠다는 내용이었다.

그러나 이 제안들은 북한의 제의에 쓸모없는 제안들이 되었다. 북한은 3개월 내 모든 프로그램을 이행할 것이니 지원과 사찰을 동시에 시작하자는 안을 제시했기 때문이다.

궁극으로는 핵 폐기가 목적인지라 빠르게 진행하려는 북한의 제의가 타당하다 보고 모두 북한의 안에 찬성하는 것으로 핵 협상은 최종 타결 되었다.

이에 따라 전 세계 언론을 대상으로 의장국 중국이 이를 발표하기에 이르렀다.

그 주요 내용을 보면 다음과 같다.

1. 미국과 일본은 각각 50만 톤, 합하여 100만 톤의 원유를 매해 지원하되 지원 기간은 10년으로 한다.

2. 중국은 개성—신의주에 이르는 철도 및 고속도로를 현대화 및 개보수 내지는 신설하되 5년 내에 이 모든 공사를 끝낸다.

3. 러시아는 개성—나선에 이르는 철도 및 고속도로를 현대화 및 개보수 내지 신설하되 5년 내에 이 모든 공사를 끝낸다.

4. 한국은 북한 전역이 모두 사용할 수 있는 전력을 지원하고, 서울—신의주, 서울—나선 간의 고속철을 신설한다는 내용으로 되어 있었다.

위의 내용에서 알 수 있듯 가장 비용을 많이 대는 국가는 한국이었다.

이는 한국이 가장 많은 수혜를 보므로 4개국 모두가 한국에 가장 많은 짐을 지운 것이다.

그렇지만 한국 대통령 김태호로서는 어쩔 수 없다고 판단하고 이에 동의하여 협상이 마무리되었다.

핵 협상 타결 후의 이야기지만 핵개발 비용보다 지원이 훨씬 많으므로 다른 나라가 이를 모방할까 두렵다는 농담 반, 진담 반의 이야기도 흘러나왔다.

위의 지원 내용에서 알 수 있듯 지원 금액이 수십조 원을 넘는 천문학적 규모이기 때문에 그런 말이 나온 것은 당연할지도 모르겠다.

아무튼 이 핵 타결 소식으로 인해 가장 안도한 것은 대한민국 국민이었다.

비로소 10년 묵은 체증이 확 뚫리고 간만에 두 다리 쭉 뻗고 잘 수 있겠다고 말하는 사람들이 많았다.

여기에 10월에 타결된 군사회담 소식은 대한민국 국민을 더욱 안도케 했다.

양측은 해마다 남한은 10만 명씩, 북한은 20만 명씩의 병력을 줄여 최종적으로 4년 후에는 20만 명씩의 군을 보유하자는 안이 이 군사회담에서 타결되었기 때문이다.

이로써 양측은 해마다 30만 명에 이르는 양질의 인적 차원을 확보하게 되는 셈으로, 새로 창출되는 일자리와 높은 경제성장을 이루기 위해서는 신규로 그 이상의 인적 자원이 투입되어야 된다는 데 이해를 같이했기 때문에 쉽게 동의할 수 있었던 것이다.

물론 이 이면에는 한 국가로의 통일이라는 대전제가 깔려 있기 때문에 가능한 조치였다.

아무튼 이를 기점으로 남북경협도 탄력이 붙어 1차로 해주 및 남포공단 사업이 가시화되기 시작했고, 외국 기업의 투자 문의도 줄을 잇기 시작했다.

여기에 해가 바뀐 2023년 1월 말이 되자 북한의 핵 및 미사일이 불가역적으로 폐기되었고, 미국과 중국까지 참여한 가운데 종전협정이 정전협정으로 대체되자 남북한 국민은 물론 전 세계인이 비로소 한반도에 평화가 찾아온 것을 확실히 인지하게 되었다.

이렇게 되자 수많은 국내외 기업들이 다투어 북한 전역에 본격적인 투자 계획을 세워 투자를 하기 시작했다.

여기에 2월 달이 되자 북한은 미국 및 일본과 동시 수교를 했고, 남북한 상호간에도 각각 서울과 평양에 대사관을 개설해 상호 소통 및 자국민 보호에 앞장설 수 있게 되었다.

물론 미국과 일본도 북한에 대사관을 세웠고, 북한도 미국과 일본에 대사관을 개설했다.

이 과정에서 일본은 북한에 식민 지배에 따른 피해 보상으로 100억 달러를 5년에 걸쳐 지급하기로 함으로써 북한은 이래저래 시쳇말로 돈벼락을 맞은 셈이 되었다.

여기에 3월 달이 되자 남북한은 군사회담 내용대로 도합 30만 명의 병력을 줄임으로써 한반도에 진정한 봄이 찾아왔구나 하는 것을 양 국민은 물론 전 세계인이 실감할 수 있었다.

이렇게 남북이 통일을 위해 한 발, 한 발 전진함에 따라 남북의 경협은 더욱 가속도가 붙었고, 세계인의 투자도 빠른 속도로 늘어났다.

물론 각국이 약속한 지원도 착실하게 이루어져 북한은 빠른 속도로 변모하기 시작했다.

제11장
통일 한국 Ⅱ

그렇게 세월이 흘러 약 4년째인 2026년이 되었다. 이때의 북한은 첫 해를 제외하고는 연 15%의 놀라운 경제성장률을 보이며 몰라보게 변모하었다. 북한 특수에 힘입어 남한도 연 8%의 고도성장을 보여 국민들의 입에서 누구나 확실히 경기가 좋아졌다는 말을 할 정도로 번영을 구가하기 시작했다.

　이 과정을 하나하나 살펴보면 필연의 결과였다. 그 첫 번째 원인으로 세계 각국에 의해 동시다발적으로 진행된 막대한 인프라 투자를 꼽을 수 있다. 개성—신의주를 축으로 하는 서쪽의 철도 현대화 및 고속도로 개보수 내지는 건설, 여기에 한국 측의 고속철 투자, 또 개성—나선을 잇는 동쪽 축으로 역시 같은 투자가 이루어진 데다 북한 역시 자체적으로 일본에서 들어오는 보상금으로 평양—원산을 잇는 축을 개발했다.

두 번째로는 남한에서 투자한 발전소 건설이었다. 우선 급한 대로 석탄, LNG 가리지 않고 30여 개의 발전소가 동시에 건립·추진되었고, 장래를 위해 신포에 60만㎾급 원자력발전소 네 기를 동시에 건설해 나갔다.

이는 남한의 탈원전 정책으로 세계 첨단을 달리는 원자력 기술이 사장될까 근심한 특단의 조치이기도 했다. 여기에 북한은 일본의 보상금을 가지고 경제 발전에 꼭 필요한 항만 개발을 자체적으로 추진하니 이 역시 막대한 자금과 인력이 투입되어야 했다.

세 번째로는 경쟁적으로 들어선 공단 및 공장들이었다. 남한이 해주와 남포, 또 제2개성공단을 동시다발적으로 조성하는 동안 중국은 자신들과 가까운 신의주에 대거 공단을 조성했고, 러시아는 자신들과 가까운 나선 쪽에 대대적인 투자를 했다.

일본 또한 자신들과 가까운 원산 쪽에 대규모 공단을 조성해 북한의 싼 인건비를 이용한 공장을 대규모로 유치했다. 이에 질세라 미국 역시 평양에 대규모 투자를 단행했다. 그러자 뒤늦게 유럽 자본이 가세해 투자처를 찾으나 마땅한 곳이 없어 청진 쪽을 택하게 되었다.

이렇게 동시다발적으로 공단 조성 및 공장이 건설됨에 따라 3년 차가 되자 기하급수적으로 필요한 것이 인력이었다. 이에 남북은 심화되는 인력난을 덜기 위해 계획보다 1년 앞당겨 20만 명으로 군을 대폭 줄였다. 당연히 남한도 실업률 1.5%대를 기록해 일을 원하지 않는 사람 외에는 누구나 일을 할 수 있는 시대가 되었다.

이런 속에서 하루는 진대제 삼원그룹 회장이 김태호 대통령에게 면담을 요청해 왔다. 이에 태호가 만찬을 겸해 저녁에 그와 회동했다.

"그래, 무슨 일로 날 보자고 했소?"

"대통령님의 자문을 받기 위해서입니다."

"흐흠! 물러난 나에게?"

"그래도 영원한 삼원맨 아니시겠습니까?"

"그야 부인할 수 없지."

"그래서 여쭙겠습니다."

이렇게 운을 뗀 그가 계속해서 말했다.

"처음 대통령님의 말씀을 듣고 우리는 남포에 조선 사업을 시작했습니다. 이는 대통령님도 잘 아시다시피 중국의 대두로 우리가 경쟁력을 잃어버렸기 때문에 보다 싼 인건비를 이용해 잃어버린 경쟁력을 되찾자는 이유였습니다. 그리고 두 번째로 우리는 해주에 대단위 가전공장 및 자동차 공장을 세웠습니다. 문제는 이제부터입니다. 그 어느 나라에도 진출한 적이 없는 반도체 사업도 이북에 진출하려고 하는데 이 평화의 기조가 깨어지지 않을까 두렵습니다."

"진 회장이 나보다 더 보수적인 사람이군."

"창업이 아닌 수성을 해야 하는 제 입장으로서는 돌다리도 두드리고 가는 신중함이 없으면 큰일이다 싶어 보수적 운영을 할 수밖에 없습니다."

"내가 보기에는 그게 당신의 장점이오. 선대 회장들이 이루어놓은 것을 잘 지키는 것만도 결코 쉬운 일은 아니니까 말이오."

"알아주니 감사합니다."

"어찌 되었든 이제는 도도히 흐르는 통일의 물결을 어느 누구도 되돌려 놓지는 못해요. 당장 북한 인민부터가 180도로 달라졌잖아요? 사유재산이 인정되는 순간 저들도 자본주의에 눈을 뜨게 되어 그 어느 누구보다 부를 축적하기 위해 혈안이 된 사람들이 북한 사람들이니까 말이요."

"그건 그렇습니다."

"그러니 안심하고 반도체가 되었든 뭐가 되었든 더 늦기 전에 투자해 경쟁력을 확보하는 게 좋겠소이다."

"알겠습니다, 회장님. 그나저나 또 다음 대 대통령 선거가 얼마 안 남았는데 이번에도 당연히 출마하셔야지요?"

"글쎄, 당신 생각은 어떻소?"

"임기 말년에 85% 이상의 지지율을 기록한 대통령이 있었습니까?"

"하하하! 우문에 현답이로군."

"더군다나 지난번 총선에도 더욱 잘하라고 대한당에 압도적 지지를 몰아주지 않았습니까? 그걸 생각하셔도 꼭 출마하셔야 합니다."

"나도 한 번은 더 출마해 이 나라를 반석 위에 올려놓고 싶소."

"탁월한 선택이십니다, 대통령님."

"자, 그만하고 이제 식사나 합시다."

"네, 대통령님. 그런데……."

"왜요?"

"식사보다는 술이 고픕니다. 지난날 회장님과 함께할 때를 반추하면서요."

"하하하! 그래요? 그러면 그렇게 하도록 합시다."

"감사합니다, 회장님."

"무슨 감사씩이나."

이렇게 둘은 식사가 아닌 술로 만찬회동을 했다.

한 달여의 시간이 흐른 2월 18일.

이날은 할머니의 제사가 있는 날로 공교롭게도 설 다음 날이었다. 이에 설을 쇠러 온 형제들이 그대로 고향집에 머물러 있었다.

여기에 또 이미 시집을 간 수연이 시댁에서 차례를 지내고 오늘 아침 합류해 집안은 그 밖의 조카와 그들이 낳은 아들딸로 비좁게 느껴질 정도로 복작거렸다.

시간은 어느덧 밤 11시.

수연이 낳은 딸을 어르고 있는 아내 효주를 보고 태호가 말했다.

"이제 그만 준비를 해야 하지 않겠소?"

"몇 시인데요?"

"11시가 넘었소."

"벌써 그렇게 되었어요? 그럼 어서 제사 지내고 우리도 올라가야죠."

"물론이지."

태호는 말과 함께 수연이 낳은 딸을 인계받았다.

수연은 끝내 제 머리 제가 못 깎아 효주가 매파를 통해 법조계의 유력 가문과 맺어주었다. 사위 또한 현직 판사로서 융

통성이 전혀 없는 사람이었다. 이에 자유분방한 수연과 종종 다투기도 하지만 그런대로 잘 살고 있었다.

이 외에 아들 영창 또한 사내 결혼을 통해 평범한 가문과 연을 맺었다. 비록 평범한 가문이지만 저희들이 사랑하고 잘 살면 된다는 생각에 태호는 결코 반대하지 않았다.

그러나 효주는 달랐다. 며느릿감이 처음 인사 왔을 때부터 달가워하지 않은 것이다.

재색을 겸비한 아가씨였지만 집안 때문에 그런 것이다. 그러나 영창의 집요한 설득에 자식 이기는 부모 없다고 결국 그녀 또한 승낙하고 말았다.

그런 둘 사이에 아직 자식은 없었다. 결혼한 지 채 일 년이 지나지 않았고, 아마도 가족계획을 하고 있는 모양이었다. 며느리 역시 삼원그룹에 출근하고 있기 때문이다.

그런 며느리가 태호로서는 솔직히 달갑지 않았다. 집안에 들어앉아 살림이나 했으면 하는 바람이 있었다. 그런 생각이 들자 태호는 바로 안고 있던 외손녀딸을 수연에게 넘겨주며 주방에 있는 며느리를 불렀다.

"아가야."

"네, 아버님."

"잠깐 이리 와봐라."

"네, 아버님."

곧 며느리가 가까이 다가오자 태호는 단도직입적으로 말했다.

"이제 직장 생활 그만두고 집 안에 들어앉아 살림만 하는 게 어떻겠니?"

"그렇게 되면 수입이⋯⋯."

"아껴 쓰면 영창의 수입만 해도 그럭저럭 지낼 만할 텐데?"

"그이와 한번 상의해 보도록 하겠습니다, 아버님."

"그래그래. 그렇게 해서 가급적 살림만 하도록 하고 손주도 안겨주었으면 좋겠구나."

태호의 말에 사르르 얼굴을 붉힌 며느리가 수줍게 답을 하고 물러갔다.

"네, 아버님."

며느리가 물러가자 태호는 94세라는 연세가 무색하게 주방에서 진두지휘하고 계시는 어머니를 불렀다.

"어머니!"

"왜?"

"이제 그만 며느리들에게 맡기고 이리로 와 쉬세요."

"아직 탕 하나 제대로 못 끓이니 내가 어쩔 수 없이 나서서⋯⋯."

"맡겨두면 알아서 다 할 겁니다."

"그래? 에라, 모르겠다. 대통령 아들이 그렇게 말씀하시니 국민으로서 따르는 게 도리겠지."

"하하하!"

"호호호!"

아직도 정정한 어머니 말에 집 안에 웃음소리가 울려 퍼지고, 어머니가 자리를 비워도 이후 제사 준비는 순조롭게 진행되었다.

머지않아 제사를 끝낸 태호 부부는 물론 막냇동생 가족을 제외한 전 자식들이 썰물 빠지듯 빠져나가자 어머니는 서운한 표정을 지으셨다.

＊　　　＊　　　＊

2026년 3월 5일 목요일.

이날 치러진 대통령 선거에서 태호는 그동안의 치적으로 국민들의 압도적인 지지를 받았다. 82%의 투표율에 80% 득표라는 사상 초유의 절대적 지지 속에 대한민국 제21대 대통령에 당선된 것이다.

그러나 태호에게도 슬픈 소식이 하나 있었다.

선거 기간 중 장모님이 94세를 일기로 타계함으로써 그와 효주를 무척 슬프게 했다.

비록 선거 기간이었지만 태호는 3일장에 참석해 끝까지 상주의 도리를 다했다.

5월 10일.

제21대 대통령에 취임한 태호는 그 임무를 성실히 수행해 나가기 시작했다.

그로부터 1년여가 지난 2027년 5월 19일.

태호는 역사적인 제6차 남북 정상회담을 하기 위해 2박 3일 일정으로 평양을 방문했다.

언제나 그렇듯 김정은 위원장이 순안비행장까지 환영 나온 가운데 둘은 함께 승용차를 타고 그의 집무실로 향했다.

이 과정에서 언제나 그렇듯 강제 동원 된 듯한 평양 시민들이 연도 변에 나와 붉은 꽃을 흔들며 열렬한 환호를 보내주고 있었다.

이런 모습을 보며 태호가 김정은 위원장에게 말했다.

"강제 동원은 이제 그만둘 때도 되지 않았소?"

"무슨 소리입니까? 저들은 강제 동원 된 것이 아니라 자발적으로 나와 저러는 것입니다. 대통령님께서 강력히 추진한 남북 경협에 의해 이제 밥은 먹고 살게 되었다고 말입니다."

"정말입니까?"

"제가 거짓말할 이유가 없지 않습니까?"

"고마운 일이로군요."

"그러나저러나 이제 북남 인민들의 서로에 대한 이해도도 많이 높아졌으니 통일을 서두르는 게 어떻겠습니까, 대통령님?"

"나의 임기 중에 1국 2체제의 연방제 통일은 시키고 싶습니다."

"1국 2체제는 건너뛰고 바로 남북 총선에 의해 단일국가로 갑시다."

"뭐라고요?"

깜짝 놀란 태호가 의심의 눈초리를 그에게 보내며 물었다.

"혹시 자유총선에 출마하여 통일 한국의 대통령이 되고 싶은 야망이 있는 것입니까?"

"하하하! 대통령님만 출마하시지 않는다면 나도 가능성이 있다고 보는데요? 어찌 생각하십니까?"

"나는 이번 임기를 마지막 봉사의 기회로 여기고 있습니다. 더 이상 어느 직도 맡지 않을 생각입니다."

"저 역시 이젠 가짜 노릇 하기에 지쳤습니다."

"이제 권력 기반도 더욱 강화되었고 아직 젊지 않습니까?"

태호의 말대로 그동안 김정은의 아바타 나정은은 눈엣가시이던 호위사령관 윤정린을 제거해 자신의 권력을 반석 위에 올려놓았다.

그리고 그 후임으로는 마원춘 설계국장을 임명해 그로부터 호위를 받고 있는 상태였다. 아무튼 태호의 말에 김 위원장이 손사래를 치며 말했다.

"솔직히 제가 권력 의지가 강한 사람이라면 이렇게 빠른 속도로 남북이 가까워지지는 않았을 것입니다. 북녘만 통치하고 있기로 치면 죽을 때까지 해먹을 수 있는 자리가 제 자리인데…… . 처음부터 그럴 생각이 전혀 없었기 때문에 대통령님과의 정상회담을 시작한 것이고, 또 한 이유는 진심으로 민족의 장래를 생각했기 때문입니다."

"위원장님에 대해서는 역사가 그렇게 평가해 줄 겁니다."

"양면의 얼굴이 있는데 어떻게요?"

"훗날에는 진실을 전해 올바른 평가를 받아야죠. 물론 그때는 야인이 되었을 때겠죠."

"저도 그런 생각이 일정 부분 있습니다. 그나저나 제 생각에 대해서는 답변을 안 해주셨는데요?"

"내 생각으로 말할 것 같으면 백 번이고 천 번이고 조기 통일을 지지하는 사람입니다. 하니 이번 정상회담에서 확실히 매듭짓는 것으로 합시다."

"그러죠."

*   *   *

다음 날 아침 백화원영빈관(百花園迎賓館).

백화원영빈관은 평양의 중심인 중구역에서 8㎞ 떨어진 대성구역 임흥동의 대동강변에 세워진 북한에서 최고 수준의 영빈관으로, 북한을 방문하는 국빈급 손님은 대개 이 백화원영빈관에 머물게 되며, 백화원초대소라고도 한다. 아무튼 이곳에 태호 부부는 물론 전 수행원이 머물고 있었다.

대동강이 흐르는 울창한 숲과 여러 개의 분수대가 설치된 인공 호수를 앞에 두고 곳곳의 화단에는 붉은색 세이지를 비롯하여 수십 종류의 꽃들이 앞다투어 피어 있는 이 초대소에서 태호 부부는 아침 일찍부터 경내를 산책하고 있었다.

제철을 맞은 세이지, 즉 일명 살비야라고도 불리는 붉은 꽃들을 바라보며 태호와 효주가 천천히 산책을 하고 있는데 갑자기 비서실장 김병수가 나타나 말했다.

"김 위원장이 부인과 함께 오셨는데요?"

"부인?"

"이설주 말입니다."

"하하하! 난 또 누구라고."

태호가 웃음을 터뜨린 데는 그럴 만한 이유가 있었다. 나정은에게는 두 명의 부인이 있었다.

주지하다시피 한 명은 남한에서 데리고 올라간 부인이고, 또 한 명은 진짜 김정은의 부인이던 이설주였다.

그런데 태호로서는 이설주에 대한 나정은의 태도가 궁금해 어느 한 해의 비공식적인 자리에서 이에 대해 질문한 적이 있다.

그러자 그에 대한 그의 답변이 있었고, 태호는 아직도 그의 답변을 생생히 기억하고 있었다.

자신의 부인은 누가 뭐래도 남한에서 데리고 올라간 전처라 했다.

이설주는 단지 대외적으로 보여주기만 하는 대외용으로 한국식으로 말하면 쇼윈도 부부라 했다. 그럼에도 불구하고 태호가 짓궂게 물었다.

이설주와는 부부 관계를 전혀 갖지 않았느냐고. 이에 대해 그는 차마 그럴 수가 없었노라고 답했다.

이 말에 태호는 고개를 끄덕이지 않을 수 없었다.

나정은이 그렇게 도덕적인 사람이기 때문에 남북 관계 또한 순탄하게 진행되고 있는 것이라고.

그가 정말 비도적인 사람이고 권력 의지가 강한 사람이었면 그의 말마따나 남북 관계는 크게 달라졌을 것이기 때문이다.

아무튼 잠시 기다리고 있으니 이설주를 대동한 김정은이 꽃다발을 하나 들고 나타나 말했다.

"결혼기념일을 축하드립니다."

"아? 하하하! 나도 까맣게 잊고 있었는데 정말 감사하오."

"나는 기억하고 있었지만 이곳에서 꽃 선물을 받을 줄 몰랐네요. 진심으로 감사드려요."

효주의 말에 이설주가 그늘진 표정을 벗고 상업용 미소를 지으며 다시 한번 축하의 말을 건넸다.

"두 분 진심으로 축하드립니다."

"고맙습니다."

정중히 응수한 태호는 새삼 오늘이 5월 20일임을 상기했다. 곧 태호는 김정은을 데리고 대형 벽화와 카펫으로 고풍스러운 느낌을 주는 한 방으로 들어갔다.

이에 효주는 이설주를 데리고 다른 방으로 가고 태호는 김정은과 마주 앉았다.

곧 두 사람은 바로 나온 모닝 커피를 들며 환담을 나누었다.

"대통령님!"

"말씀하세요."

"아무리 생각해 봐도 대통령님이 통일 한국의 초대 대통령으로 출마하시지 않는다면 조기 통일은 어렵겠습니다."

"무슨 말이 그러하오?"

"통일 한국의 초대 대통령은 대통령님이 되어야만 대외적으로나 남북한 모두를 잘 통솔할 수 있을 것이기 때문입니다."

이 말에 태호가 손사래를 치며 말했다.

"내 임기가 끝나는 2030년이면 내 나이가 얼마인 줄 아오? 자그마치 칠십 하고도 다섯이오. 그러니 더 이상은 욕심이고 무리요."

"그러니까 조기 통일을 통해 금년이나 늦어도 내년에는 초대 통일 대통령이 선출되도록 합시다."

"허허, 이건 전혀 생각해 보지 않은 문제인데……."

"그렇게 하시면 제가 북한을 대표해 출마하는 것으로 모양새를 더욱 그럴듯하게 갖춰 드리겠습니다. 아니면 통일은 마냥 지연될 것입니다."

"정말 나를 그렇게 높이 평가하는 이유가 뭐요?"

"첫째는 대통령님은 어느 누구도 따라올 수 없는 능력자이시고, 둘째는 대통령님에 대한 인간적인 신뢰입니다. 제가 납치되었을 때 정말 30억 원이나 주어 우리 가족을 지켜주실 줄은 꿈에도 몰랐습니다. 정말 그 말을 듣는 순간 감격했거든요."

"다 지나간 일인데……."

쓸쓸레한 미소를 짓는 태호를 향해 김정은이 다그쳤다.

"공식 회담 전에 결단을 내려주십시오. 만약 아니라면 조기 통일은 있을 수 없을 것이라는 것을 명심하시고요."

"허허, 이것 참……."

난감한 표정을 짓는 태호를 향해 일어선 김정은이 목례를 건네고 방을 빠져나갔다.

오전 10시 30분.

단 둘만의 단독 정상회담이 시작되자마자 김정은 위원장이 다짜고짜 물었다.

"결단하셨습니까, 대통령님?"

"참으로 어려운 문제로 고심에 고심을 거듭했지만……."

"올 연말까지 신헌법을 남북 전 인민의 투표를 통해 확정하고 총선과 함께 대통령을 선출하면 되지 않겠습니까?"

"허허, 이것 참……."

잠시 난처한 표정을 짓던 태호가 돌연 결연한 표정으로 말했다.

"좋습니다. 그렇게 하도록 합시다."

"감사합니다. 우리 민족을 위해서 얼마나 다행인 결단일 줄 모르겠습니다."

"별말씀을……."

겸양하는 말을 했지만 태호로서는 나정은이 진심으로 고마웠다. 진실로 자신을 아껴준다고 생각했기 때문이다.

이로써 특별할 것 없던 6차 남북 정상회담은 통일 한국의 미래상을 전하며 국내외 언론들의 뜨거운 관심을 받았다.

양 정상은 기자회견장에 나와 공동 발표문을 발표했는데

그 주요 내용은 다음과 같다.

첫째, 남북한은 향후 2개월의 준비 기간을 거쳐 통일 한국에 대한 전 국민의 지지 의사를 물을 것이다.

이때 투표 참가자의 과반이 넘으면 남북은 단일국가로 통일이 된다.

둘째, 만약 이 투표에서 과반 이상의 찬성을 얻으면 남북은 3개월 내 남북이 협의하여 만든 신헌법의 찬성 여부를 물을 것이다.

셋째, 신헌법이 통과되면 남북은 양 의회를 해산하고 신헌법에 따른 대통령과 국회의원을 뽑는 선거를 늦어도 5개월 이내에 실시할 것이다.

따라서 이에 따른 제반 협의를 위하여 기존 국무총리 및 내각총리 회담을 수시로 개최하기로 양 정상은 합의하였다.

위와 같은 내용이 전파를 타자 남북 양 국민은 통일에 대한 열망으로 들떴고, 2개월이라는 시간은 빠르게 흘러갔다.

그리고 2027년 7월 15일 남북 동시에 실시된 통일 찬반 투표에서 92%의 투표율과 88%의 압도적 찬성률로 남북은 실질적인 통일의 시대를 열었다.

그리고 정상회담 직후 통일이 될 것으로 예견하고 준비하기 시작한 신헌법이 마련되어 또 한 번 국민투표가 실시되었다.

10월 14일 실시된 이 투표 역시 87%의 투표율에 82%의 찬성으로 통과되니 남북의 통일은 더욱 탄력을 받게 되었다.

곧 신헌법에 의한 대통령 선거와 국회의원 선서가 공고되었다.

이 신헌법은 4년 중임의 대통령제를 중심으로 인구 비례에 의한 남북 500명의 국회의원을 선출하게 되어 있었다. 소선구제였다.

또한 부칙에는 한국의 현 대통령이나 김정일 위원장 모두 구헌법의 적용을 받지 않아 출마할 수 있는 길을 터놓았다.

아무튼 이런 속에서 남북은 최종적으로 2028년 3월 8일을 대통령 및 국회의원 선거일로 확정하고 각 정당은 이에 대한 준비를 하도록 했다.

이에 따라 각 정당이 선거 준비로 분주하게 움직이기 시작했고, 세월은 빠르게 흘러 마침내 4년 임기의 국회의원 및 대통령을 동시에 선출하는 날이 다가왔다.

이날 투표는 국민들의 뜨거운 열기를 반영하듯 90%라는 높은 투표율을 기록했고, 최종적으로 국민의 61%를 얻은 대한당의 김태호 현 대통령이 선출되었다.

또 국회의원은 대한당이 225석, 북한을 기반으로 한 노동당이 200석을 얻는 의외의 선전을 펼쳐 다른 당으로서는 깊은 실망감에 빠지게 했다.

이 선거의 특징은 남한에서는 네 명의 출마자가 있었고, 북한에서는 김정은 노동당 당수 1인이 출마해 혹시 표가 갈려 북한의 김정은이 당선되는 것 아닌가 하는 우려를 낳았다.

이런 우려에 남한 국민들은 북한에 대통령직을 넘겨줄 수 없다고 단결심을 발휘한 데다, 의외로 북한에서 많은 표를 획득한 김태호 후보가 예상을 깨고 60%를 넘는 득표를 얻은 것이다.

아무튼 이로써 실질적인 통일을 이룬 한국은 더욱 국민 통합에 힘쓰며 경제 성장에 매진하게 되었다.

더욱이 이를 촉진하는 일성이 취임 초부터 들려와 태호를 더욱 기쁘게 했다.

태호가 통일 한국 대통령으로 취임한 지 채 열흘도 안 되는 시점인 3월 15일.

여전히 비서실장으로 재직 중인 김병수가 아침부터 태호의 집무실로 찾아와 들뜬 음성을 토해냈다.

"대통령님, 드디어 이북의 서한만 일대에서 유전이 발견되었고, 동시에 길주―명천 유역에서는 가스층도 발견되었다는 기쁜 소식입니다!"

"정말이오?"

"네, 대통령님! 서안만 일대에 30억 배럴로 추정되는 원유 매장량과 함께 길주―명천 지역 일대의 셰일 층 여러 군데에서 가스 분출이 확인되어 매장량 확인 작업에 들어갔다는 보고입니다, 대통령님!"

"이야말로 통일 한국을 축하해 주는 하늘의 선물이 아닌가 하오."

"그렇습니다. 대통령님의 취임을 축하하는 하늘의 선물이 아닐까 생각해 보았습니다, 대통령님!"

"아무튼 반가운 소식이니 확실하게 한 번 더 확인 절차를 거쳐 전 국민에게 이 낭보를 전해주도록 하시오."

"네, 대통령님!"

둘의 대화에서처럼 정말 북한에 원유나 가스가 매장되어 있는 것일까?

과거 1998년 11월 방북 길에서 돌아온 정주영 현대그룹 명예회장은 '평양이 기름 위에 떠 있다'며 '북한 기름을 들여오기 위한 파이프 라인 가설 작업을 곧 시작하겠다'고 공표하며 북한의 석유 부존(賦存) 사실을 확인시킨 바 있다.

2015년 9월 영국 지질학자 마이크 레고는 석유 분야 지구과학 전문지 'GOX-PRO(지오엑스프로)'에 '북한 석유 탐사와 잠재력'이란 보고서를 발표하며 북한의 석유 매장 사실을 증명했다.

영국 석유 개발 회사 아미넥스 탐사 프로젝트의 최고책임자로 근무한 레고는 2004년부터 2012년까지 북한 현지에서 직접 자신이 탐사한 내용을 바탕으로 북한의 석유 매장 증거를 과학적으로 입증했다.

북한 전역 탐사권을 부여받은 레고는 북한 내 석유·천연가스 매장 가능성이 높은 지역으로 총 일곱 곳을 지목했다.

내륙에는 평양, 재령, 안주—온천, 길주—명천, 신의주 유역까지 다섯 곳, 해안은 서한만과 동해 유역 두 곳으로 확인됐다.

레고는 탄성파 탐사를 통해 서한만 유역 세 개 지층에선 원유 매장 가능성을, 재령 인근 시추공에서는 직접 추출한 원유를 확인했으며, 길주—명천 유역에선 가스 부존 가능성을 확인한 뒤 지표면으로 노출된 두꺼운 셰일층 답사 작업을 마쳤다고 밝혔다.

당시 아미넥스는 북한 내 원유 채굴 가능 매장량을 40억~50억 배럴로 추정했지만 북한 당국과 마찰을 빚어 현지에서 철수한 것으로 알려졌다.

이후 2013년부터 몽골의 HB오일이 북한과 조인트 벤처를 설립해 탐사 작업을 지속하고 있다.

그렇다면 북한은 이같이 막대한 석유 매장량을 보유하고도 왜 생산을 하지 못했던 것일까?

전문가들은 먼저 기술력의 부족을 이유로 지적했다. 석유 탐사 사업에 들어가는 하이테크 산업 기반의 기술과 막대한 자본력을 현재 북한의 기술력과 경제 상황으로는 감당하지 못한다는 것.

두 번째로는 산업적 신뢰도 부족이 꼽힌다. 외국 기업이 북한에서 탐사 개발에 성공해 본격적 생산 사업을 펼치더라도 투자한 금액에 대한 법적 안전장치가 부족하고, 시추 후 생산된 석유를 가져가는 경우에도 이를 자국으로 가져가는 절차의 안전성을 담보할 수 없기 때문에 많은 기업이 북한의 석유 개발에 참여했다가 포기하고 철수한 결정적인 이유로 지목되고 있다.

이런 상태에서 북한과 전면적인 경제 교류 협력을 실시하게 된 한국은 고유의 기술력에 탐사를 했던 영국 기업과의 합작을 통해 그동안 꾸준히 북한 내 원유와 가스전 탐사 작업을 벌여왔다.

그 결과 몇 군데서 원유 및 가스 매장 지역을 발견했으나 경제성이 없어 개발을 못 하다가 금번에 대규모 원유 및 가스 매장 지역을 찾아냄으로써 통일 한국은 완전 석유 및 가스 수입 국가에서 생산 국가 반열에 들어설 수 있는 길을 연 것이다.

*　　　*　　　*

그로부터 약 4년이 흐른 2031년 3월.

태호의 희망, 아니, 전 국민의 소망대로 본격적인 원유 및 가스 생산 국가가 된 통일 한국의 대통령으로서 마침내 4년 임기를 무난히 마친 태호는 지난번 선거 때 자신이 약속한 대로 다음 대선에는 출마하지 않았다.

그 결과 남한 출신의 새로운 대통령 취임식을 끝으로 그는 진짜 야인이 되어 고향집으로 향할 수 있었다.

아무튼 태호가 임기를 마친 해인 2031년 통일 한국은 8천만의 인구에 GDP 면에서 종전 11위에서 프랑스를 제치고 5위권으로 도약, 문자 그대로 5 대 경제 강국으로서의 면모를 과시하게 되었다.

3조 달러의 GDP로 미국, 중국, 일본, 독일에 이어 5위에 위치하게 됨으로써 그 어느 나라도 대한민국을 무시할 수 없게 된 것이다. 남북한을 합친 결과 그 군사력은 더욱 막강해 세계 3위권으로 평가받고 있었다.

미국, 중국에 이은 3위인 것이다. 이때는 주한미군은 이미 오래전에 철수했지만 미사일 지침이 완전 폐기되어 대륙간 탄도미사일을 물론 항공모함도 세 척 가지고 있어 수백 기의 스텔스전투기와 함께 세계 어느 분쟁 지역에도 투입할 수 있는 상태를 유지하고 있었다.

이런 속에서 태호는 오래전부터 계획하고 있던 여행에 나섰다.

철도를 이용한 유럽 투어로, 호남선의 분기점인 오송역을 출발하여 러시아 블라디보스토크를 거친 시베리아 횡단 열차를 이용하여 유럽 전역을 구경하고, 귀로에는 중국을 거쳐 들어오는 열차편을 이용하기로 한 것이다.

이때는 이미 러시아는 물론 중국과도 모든 철도가 연결되어 기차만 타면 유럽 어느 나라라도 갈 수 있는 상태가 되어 있었기 때문이다.

또한 러시아의 오랜 숙원이던 그들의 가스관 또한 옛 북한을 거쳐 남한까지 도달해 있어 양국은 더욱 긴밀한 관계가 되어 있었다.

뿐만 아니라 한국의 발전으로 중국의 동북3성도 덩달아 발전해 중국 내 지위가 무시할 수 없는 수준에 이르렀다.

또 이렇게 한국이 중국 경제에 기여했다면 중국 또한 더욱 발전하여 한 해 수천만 명의 유커들이 통일 한국 땅을 드나듦으로써 한국은 관광 수입만으로 부국이 될 수 있는 길을 열었다.

즉, 이 당시 국민소득은 남한이 5만 8천 달러를 넘어섰고, 북쪽도 원유와 지하자원, 여기에 남한 및 세계인의 투자로 연평균 10%가 넘는 성장률을 보이며 빠른 증가세로 2만 4천만 달러를 넘어선 상태였다.

따라서 전체적으로 보면 국민소득이 4만 달러 선에 육박하고 있었다.

이렇게 부강한 나라를 만들어놓은 태호는 아내 효주와 함께 유럽 여행길에 올라 지금 둘은 시베리아 횡단철도에 몸을 싣고 있었다.

아직 눈이 그대로 남아 있는 설원 위로 자작나무 군락지가 휙휙 스쳐가는 풍경을 보며 효주가 남편의 어깨에 머리를 기댄 채 말했다.

"아, 얼마 만에 맛보는 여유인가요? 정말 행복하네요."

"이 모든 것이 당신의 내조가 훌륭했기 때문에 얻을 수 있는 여유와 행복감이 아닌가 하오."

"정말 그렇게 생각하시는 거예요?"

"물론이오."

"그럼 이쯤에서 한번 물어보죠. 다시 태어나면 당신 나와 다시 결혼해 주시겠어요, 아니면……?"

"할 수 없소."

"네? 왜요?"

"다음 생에 나는 여자로 태어나 보고 싶기 때문이오."

"핏! 대답을 피하는 게 아니고요?"

"만약 남자로 태어난다면 다시 한번 당신에게 프로포즈하도록 하지."

"정말이죠?"

"물론이오."

"아, 행복해라!"

"하하하! 백발이 되어서도 소녀처럼 마냥 행복해하는 당신의 모습이 정말 보기 좋구려."

"은발의 당신 모습도 정말 멋져요. 그런데 정말 백발의 내 모습도 괜찮은가요?"

"물론이오. 당신이 염색을 하지 않은 지 얼마 되지 않아 아직은 잘 적응이 안 되지만, 멋진 것만은 사실이오."

"고마워요, 여보!"

쪽!

"어허, 젊은 사람들이 보면 어쩌려고……."

"볼 테면 보라지요. 노년의 청춘도 이처럼 아름답다는 것을 보여주기 위해서라도 저는 관계치 않아요."

"아, 알았으니 이제 그만 떠들고 눈 좀 붙입시다."

"깬 지 얼마 되셨다고요?"

"글쎄, 어쨌거나 너무 일생을 숨 가쁘게 달려와서 그런지 요즈음은 자꾸 잠만 쏟아지니……."

"그래요. 졸리면 주무시고 편한 대로 하세요."

"아주 잠들면 안 되겠지?"

"그런 말 하지 마세요. 생각하는 것만으로도 너무너무 슬퍼요."

정말 금방이라도 눈물을 뚝뚝 흘릴 것 같은 아내를 보고 태호는 그의 볼을 몇 번이고 쓰다듬다 말했다.

"당신 때문에 일찍 죽을 수 없고, 일생이 정말 행복했소."

"나도요, 여보!"

자신의 무릎 위에 머리를 기댄 남편의 입술에 뽀뽀하는 모습을 스치는 푸른 삼나무들이 지켜보고 있었다.

『재벌 닷컴』 완결